KB148169

자존감은 수리가 됩니다

자존감은 수리가 됩니다

소은순

프롤로그

• • •

지금으로부터 10년 전쯤 어느 날 나는 집근처 어두운 지하도의 갓길을 걷고 있었다.

중앙으로 차들이 쌩쌩 달리며 도심먼지를 일으키고 나는 그 먼지들을 마시면서 천천히 걷고 있었다. 그리고 가슴이 쿵 하고 떨어지는 듯 한 소리를 들었다. 그때 나는 생각했다.

'나는 죽을 때까지 변하지 못하고 이대로 살다가 이대로 죽을 수도 있어. 그걸 인정해야 해.'

'그리고 지금 살고 있는 나의 모습은 그 누구의 탓도 아니야 내 삶의 결론일 뿐이야!'

하지만 지금 나는 변했다. 무엇이 변했냐고요? 자존감이 변했다. 어떻게 변했냐구요? 매사에 상처를 잘 받던 내가 쉽게 상처받지 않는 나로 변했다. 외로움을 잘 타고 더 가난해 질 것이라고 염려 근심하던 내가 편안하고 즐겁고 모든 것에 감사하는 나로 변했다. 우울증으로 무기력에 빠지곤 했던 내가 우울증이나 무기력이 무엇인지 경험해보지 못했던 것처럼 열정적이다. 오래된 불면증도 없어졌다. 감정에 함몰되지 않고 감정이 나를 행복하고 건강하게 만들도록 주도할 수 있는 나로 변했다. 당당하고 어떤 경우에도 나의 가치에는 흔들림이 없으며 나는 자신감이 있으며 무엇이든 다 잘 할 수 있는 능력이 있는 존재라는 것에 대해서 전혀 의심하지 않는 나로 변했다. 그럼 환경이 변했냐구요? 아니다. 전혀 환경에는 변한 것이 없다. 그럼 무엇이 변했냐구요? 변한 것은 오직 나의 자존감이다.

10년 전쯤 그 어두운 지하도를 걷기 전 나는 30년지기 오래된 친구와 많은 대화를 나누며 지내고 있었다. 그 친구는 나에게 항상 충고를 했다. 나는 충고를 싫어했고 나는 마음에 답답함을 느꼈다. 나는 상처가 많았고 부정적이었기 때문에 친구는 나를 도우려했다. 그러나 나에게 좀처럼 도움이 되지 않았다. 그냥 나의 감정을 이해만 해주면 되는데 도무지 그러지 않았다. 나는 그 단계를 넘어가지 못했다. 그 후 교회모임에서 나의 이야기를 무수히 많이 할 기회를 얻었고 그렇게 했다. 그런데 여전히 낮은 자존감의 부적응적인 모습이 변하지 않았다. 나는 이것의 함정을 알았다. 거기에는 어떤 원칙이 있어야 함을 알게 되었다. 그 원칙은 객관성이었다.

나는 내 책을 통해서 자존감이 낮은 사람들이 감정에 빠져있지 않고 자기의 이야기를 객관화할 때 자신에 대한 부정적인 평가를 수용할 수 있고 건강해 질 수 있다고 믿는다. 따라서 나는 심리학전공자가 아니기 때문에 배운 것으로 다른 사람들을 가르치려는 것이 아니라 내가 회복된 과정을 그대로 보여주고자 하는 의도를 가지고 이 책을 쓴 것이다. 또한 나의 글에 뒷받침이 되는 관련 저서들을 가급적 많이 참조하려고 노력했다.

자존감이 낮은 원인으로서 받은 상처와 비교의식에서 오는 열등감과 피해의식을 들 수 있다. 미국의 유명한 심리학자인 에드워드 데시Edward Deci 와 리처드 라이언Fichard Ryan 은 자존감을 조건부 자존감과 진정한 자존감으로 분류했다. 나는 비교우위에서 오는 자존감이 아니라 본질적 자기 가치감이 있는 진정함 자존감의 입장에서 생각하였기 때문에 받은 상처에 대해서 많이 이야기 한 것 같다. 특히 뿌리 깊은 상처의 역사가 있는 사람이라면 스스로 계속 상처받는 늪에 빠져있는 상황이 된다. 그래서 지나간 과거와의 고리가 끊어져야 되고 자기감정의 주인이 되어 자존력을 키워나가야 한다.

실제로 자존감이 높은 사람들은 자존감문제 자체에 별로 관심을 두지 않는다. 그래서 '뭘 그렇게 심각하게 생각하냐'고도 한다. 하지만 자존감이 낮은 사람들은 실제로 삶에 어려움이 있기 때문에 이 부분에 대해서 구체적인 자존감 수업이 필요하다. 상처의 뿌리가 치유되고 제시한 자존감 수업에 동참함으로써 분명 좋은 결과가 있을 것이다.

자존감이 좋아져야 인생이 달라진다. 나는 특히 만성적으로 자존감이 낮다고 생각하는 사람들에게 도움이 되기를 바라는 마음이 더 컸다. 외모가 좋고 돈도 있고 배운 것이 있어도 자존감이 낮은 사람들의 모습을 많이 보아왔다. 그런데 더 안 좋은 경우는 자존감도 낮고 가진 것도 없는 사람들이다. 이 사람들의 사례를 보면 부정적으로 삶이 흘러가도록 삶이 패턴화가 되어 악순환이 지속되었다. 나의 사례도 이와 다를 바 없기 때문에 매 제목의 결론 부분에는 희망의 메시지를 더했다. 자존감을 수리하면 개인의 삶의 행복도가 높아지고 나답게 살아갈 용기가 있고 리더쉽을 발휘하고 일에 대한 성과도 낼 수 있는 소양이 길러진다. 자존감을 수리하면 모든 면에서 더 높이 살 수 있는 인생이 될 수 있다는 희망의 메시지이다.

이스라엘나라에는 유명한 랍비 아키바라는 사람이 있다. 아키바는 칼바 사부아라는 부자집의 양치기였다. 글을 읽을 줄도 쓸 줄도 몰랐다. 아키바는 40살의 나이에 어린아이들과 함께 공부를 시작했다. 공부하기에는 너무 늦은 나이라는 생각이 들었지만 우물가에 물방울이 계속 떨어져서 홈이 파인 바위를 보고 공부할 결심을 굳힌 것이었다. 아키바는 후에 맨 처음 탈무드를 엮었고 유대인의 영웅이며 정신적 지도자가 되었다.

늦은 나이란 없다. 자존감을 수리하고 꿈을 이룰 수 있는 사람이 되기를...

사랑하는 남편 최종호씨, 그리고 아들 홍빈이, 딸 새별이에게 감사합니다. 사랑합니다. 축복합니다.

소은순

추천사

• • •

"나는 누구일까? 무엇 때문에 살고 있을까? 지금 어디로 가는 것일까?" 이러한 본질적인 질문은 누구에게나 한번쯤은 있었을 것이다. 자존감의 문제는 이러한 본질적인 문제의 질문과도 연관 있다. 다른 말로 하면 안정된 자아 정체감이라고도 할 수 있다. 이것은 다른 사람들과의 공존에서 유대감이 지속됨과 동시에 개별적인 나의 나됨에 대한 정착감이다.

신학을 공부할 때 저자와 나는 둘 다 학교에 상주하였기 때문에 몇 년간 같이 보낸 시간이 있어서 서로의 사정을 잘 안다. 나에게 오랜만에 연락을 해온 저자가 자존감을 주제로 한 책을 쓴 것을 보니 장래가 총망 되어 보이던 사람이 뒤가 묘원해진 이유를 이제야 알겠다.

상처나 트라우마로 낮은 자존감이 형성되어 마음에 힘든 부분이 있는 사람들과 자아정체성이 확립되지 않아 혼미한 상태에 있는 사람들에게 본질적인 질문에 대한 답을 주는 책이라고 느꼈다. 저자 스스로가 자존감이 자신의 인생에 어떻게 영향을 미쳤는지 그리고 자존감의 문제가 어떻게 점차 해결되었고 달라졌는지 그리고 자존감을 수리할 구체적인 방법까지도 정성을 다해 진정성 있게 알려주고 있기 때문에 읽으면서 자존감이 올라가는 책으로 소개하고 싶다.

그리고 계속해서 각자의 개인이 발휘할 수 있는 하나님이 주신 선천적인 가능성에 대해서 희망을 열열히 주고자하는 저자의 마음이 느껴졌다. 읽는 이의 가치감을 알려주려는 노력이 들어 있다고 생각이 든다.

또 상처로 멈춰진 인생의 스토리를 재해석함으로 자존감이 수리될 것이라는 저자의 말을 들으면 읽는 이가 저절로 자기의 살아온 인생의 스토리를 생각해 볼테고 거기에서 부정적인 기억의 스토리들을 재해석 해보기 위해 한번쯤은 자신을 뒤돌아보게 만드는 좋은 책이다.

백석대학교 기독교 학부 상담학 교수 **이대규**

CONTENTS

2장 자존감, 반품은 안 되지만 수리는 됩니다

3장 자존감을 높이기 위해 먼저 해야 할 것들

4장 자유롭고 행복해지기 위한 7가지 자존감 수업

5장 자존감을 수리하면 인생이 달라진다

1장

• • •

나는 왜 사람들에게 상처받을까?

01

사람들은 나를 외모로 판단한다

요즘처럼 사람의 외모가 중요한 시대는 없었다고 생각한다. 그러나 사람을 외모로만 보고 섣부른 판단을 했다가는 큰 오류를 범할 수 있다. 또 그렇다고 마음의 중요성만 강조하면서 겉모습을 무시해도 좋은 것으로 생각해서도 안 될 것이다. 그래서 샤넬의 창시자 가브리엘 코코 샤넬 Gabrielle Coco Chanel은 '상대를 외모로 판단하지 마라. 그러나 명심해라. 당신은 외모로 판단될 것이다.'라고 말했다.

요즘 TV에 나오는 젊은 가수들은 얼굴을 구분하기가 쉽지 않다. 뛰어난 화장술과 헤어스타일, 의상, 게다가 성형으로 얼굴을 고친다. 최근에는 작은 얼굴과 턱의 V라인이 대세이다. 그래서 젊은 연예인들은 V라인인 경우가 많다. 나이가 좀 든 사람들은 도대체 누가 누군지 다 비슷해서 구분하기가 어렵다고 한다. 심지어는 연예인 누구처럼 성형해 달라며 사진을 가져와 주문 성형을 한다고 들었다. 외모 지상주의가 하늘을 찌를 지경이다. 그만큼 사람들이 외모로 사람을 판단하기 때문이다. 그러나 사람은 관계 속에서 존재하기 때문에 외모를 중요하게 여기는 것을 부정적으로만 생각할 수도 없다. 외모는 자존감을 떨어뜨리기도 하고 올라가게 하기도 하는 중요한 요소가 되기 때문이다. 그래서 외모로 인해 상처를 많이 받기도 한다.

요즘은 대학교를 졸업해도 취업이 만만치 않은 과제이다. 이제 외모는 입사 면접에서도 중요한 한 부분을 차지해 면접을 위한 성형도 이루어지고 있는 추세이다. 이런 상황이다 보니 겉으로 보이는 외모는 그만큼 중요해졌다고 할 수 있다. 미국 다트머스 대학교에서 FMRI라는 뇌의 특정 부위를 촬영하는 최첨단 기계를 이용해서 첫인상에 대한 메커니즘을 연구했는데, 첫인상을 판단하는 데에 걸리는 시간이 1000분의 17초 밖에 걸리지 않는다고 한다. 또한 한 취업 포털 사이트의 설문조사 결과 기업의 인사담당자 절반이 면접 시 지원자의 첫인상을 판단하는데 걸리는 시간은 2분 이내라고 답했다. 인사담당자 중 63.4퍼센트는 첫인상이 스팩보다 중요하다고 답했고 면접 도중 지원자의 인상이 바뀐 경우는 14.5퍼센트에 그쳤다.

나는 예쁘다는 소리는 잘 듣지 못했다. 아버지를 닮아서 돌출 입에 볼살 없고, 어머니를 닮아서 피부가 얇아 잔주름이 많고, 마르고 키도 작다. 나의 낮은 자존감에는 외모도 한 몫 한다. 딸도 엄마가 못생겼다며 평상시에 많이 놀려대곤 했다. 어떤 때는 나를 빤히 쳐다보다가 "엄마는 왜 그렇게 못 생겼어!"하며 놀리는 것이 화딱지가 나서 엄마에게 무례하다며 딸을 혼 낸 적도 있다. 몇 번 야단을 친 후에야 겨우 "어떻게 보면 김희애 닮았어."라는 것으로 바꿔주었다.

누구나 외모로 판단을 받는다면 마음이 상할 것이다. 그럴 때 사람은 자연스럽게 자신감을 잃고 자기의 삶을 축소시키며 관계 회피를 하게 될 수도 있을 것이다. 또는 관계 속에서 계속 상처받으며 괜찮은 척 포장하고 지내면서 점점 소극적이 될 수도 있을 것이다. 그런데 중요한 것은 외모에 대한 자신감이 없고, 외소하고, 주관이 약하고, 마음이 약한 자들은 이를 만만하게 보는 사람들에게 밥이 될 수도 있다는 것이다.

이런 여러 가지 상황에도 불구하고 우리는 자존감에 대해서 '내면은 자존감에 있어서 겉으로 보여지는 외모보다 더 중요하다.'라고 생각한다. 왜냐하면 내면의 힘이 겉으로 보여지는 외모의 아우라를 결정하기 때문이다.

나는 지금껏 살아오면서 외모는 참 좋은데도 불구하고 자존감이 바닥이어서 삶이 여러모로 궁색함에 찌들어 있는 사람들을 많이 보았다. 내가 오랜 세월 동안 함께 교류하며 지내온 K씨는 너무 매력적이고 예쁜 여자임에도 불구하고 행동과 판단에 있어서는 늘 자존감이 떨어졌다. 그래서 그야말로 되는 일이 없는 상황이 늘 발생했다. 직장도 적응을 못해서 너무 자주 옮겨 다녔고 불필요한 푼돈을 허투루 쓰면서 빚을 지기도 했다. 목소리도 자신감이 없었다. 그런데 정작 본인은 그런 자신의 모습에 대해서 잘 모르고 있었다. 게다가 충고를 잘 못 받아들이기 때문에 다가가기도 어려웠다.

잘 아는 분이 한번은 우리 집에 방문을 했을 때의 일이다. 딸이 그분이 가고 나서 나에게 "엄마 저 아줌마는 굉장히 예쁜데 왜 못생겨 보여?"라고 물었다. 사실 그분은 오랜 세월 동안 남편과의 관계가 좋지 않았기 때문에 남편을 의지해서 살지 못하는 자신의 신세를 한탄하며 보내는 중이었다. 한참을 지나 나는 그분이 많이 좋아졌다고 들었는데 일전에 그분을 우연히 만났을 때 깜짝 놀랐다. 그분의 미모와 아름다움이 그대로 전달되었기 때문인데 인상과 표정과 전해지는 마음 상태가 달랐기 때문이다. Before 와 After가 확연히 달라져 있었다.

겉으로 보여지는 모습으로 판단 받는 것은 외모만 꾸민다고 될 일은 아닐 수 있다. 하지만 가끔 외모를 아무 상관없다고 치부해 버리는 사람이 있는데 그것은 옳지 않다고 생각한다. 왜냐하면 내면과 외모는 서로 연결되어 있기 때문이다. 진정한 아름다운 외모를 위해서는 자신에 대한 마음가짐이 중요하다. ≪외모는 자존감이다≫라는 책을 쓴 김주미 저자는 "취업을 잘하기 위해서 많은 돈을 들여서 이미지 컨설팅을 받는 분들도 계시는데 추천하지 않는다. 겉보기는 잠깐의 효과이다. 결국은 내면이 겉으로 드러난 것이 겉보기가 되는 것이기 때문이다. 진정한 겉보기는 나에 대한 사랑이라고 생각한다. 외모 자존감을 갖는 비결은 내가 가진 모습을 그대로 인정하는 것이다. '나쁘다' '좋다'를 판단하는 것이 아니라 그냥 '이 모습이 나다.'를 인정하는 것이 필요하다. 온전히 나를 받아들이는 상태이다. 나를 칭찬해주는 단계가 필요하다. '나는 그래도 지금까지 이런 것을 잘해왔다.' '이 부분은 잘해 왔다.'는 등의 자기 자신의 발견이 필요하다. 그리고 그 모습을 사랑하기로 결심하는 것이 필요하다. 그리고 내가 성장하기 위한 최대의 노력을 선택하는 것이 필요하다."고 했다.

외모는 자존감의 관점에서 생각해 보아야 한다. 자존감이 낮고 상처를 잘 받는 사람들은 충고나 조언을 쉽게 받아들이지 못한다. 자기 생각에 갇혀 있는 경향이 있다. 자기 생각의 틀을 깨고 자기 성장에 필요한 내면과 외면을 위한 구체적인 실천을 하는 노력이 필요하다. 나는 아침에 출근할 때 화장도 잘되고, 마음에 드는 옷과 구두를 잘 갖추고 출근하는 날

이면 단화에 편한 복장을 한 것보다 훨씬 자신감 넘치는 발걸음으로 걷고 있음을 느낀다. 퇴근하고 집에 와서는 그날 하루를 돌아보며 일기도 쓴다. 특히 평상시에 금방 사라지곤 했던 소소한 감정들이 있었는지 생각해보고 그에 대한 것을 찾아 일기장에 적는다. 나의 내면에 무의식적으로 활동하고 있는 감정들을 말로 표현하고 적어보면 자기 자신을 명확하게 아는데 도움이 되기 때문이다. 그리고 거의 매일 조금씩이라도 책을 읽는다. 책을 읽으면서 책의 내용을 실제로 적용해보려고 노력한다.

겉으로 보여지는 모습은 진정한 내면의 힘의 표출이다. 내가 나를 사랑하고 있으면 사랑을 받지만 나를 사람들이 어떻게 보는지만 의식하면 자신감이 떨어지고, 눈 맞추기도 어렵고, 숨는 것이 편해지고, 소외되게 되며 반대로 혼자 있으면 또 외로움을 느끼게 되는 방식으로 살게 된다. 나의 외모가 문제가 아니라 내가 나를 어떻게 생각하는 지가 나의 아우라를 결정하게 되고 그것이 나의 외모가 된다. 겉으로 보여지는 모습은 자존감의 표현이다.

02

행복에 대한 착각

아이돌 B1A4팀의 가수 출신이자 배우로도 활약하고 있는 진영이 한 신문에 인터뷰한 내용이다. '중3 때 보조출연자로 연예계에 발을 들여놓았고 안 좋은 상황이 많이 생기면서 정신력이 약하면 큰 일이 날수도 있겠다는 생각에 인생 뭐 없으니 힘든 일도 긍정적으로 받아들이자고 생각했다.'고 말하며 자기의 좌우명이 '인생 뭐 있어?'라고 말했다.

우리는 모두 행복하기를 바란다. 하지만 '지금 당신은 행복합니까?'라고 물어본다면 누구든 선뜻 그렇다고 대답해야 할지 아니라고 대답해야 할지 쉽게 답을 내리기는 어렵지 않을까! 왜냐하면 행복은 자존적 만족이 우선 되어야 한다. 그러나 자존적 만족은 상대적 조건 비교에서 선뜻 확신이 안 설 수 있기 때문이다. 더욱이 상처를 잘 받는 사람 또는 상처가 있는 사람들은 결핍에 더 초점이 맞추어져 있기 때문에 행복하다는 대답보다는 행복하지 않다는 대답을 생각하는 사람들이 더 많을 것 같다.

행복은 무엇일까? 당신은 행복한가? 행복하기를 바라고 있다면 이미 행복하지 않기 때문일 수도 있지 않은가? 사전적으로 행복의 정의는 '인생의 궁극적 목표'다. 위키피디아에는 '행복은 인간 욕구와 욕망의 충족'이라고 되어 있다. 나는 젊었을 때 높은 이상과 욕심으로 남들이 가진 것들을 부러워했다. 좋은 집, 좋은 차, 좋은 여행, 많은 학식과 아름다운 외모와 멋진 애인을 원했다. 행복하기 위해서는 이런 것들을 원해야 한다고 생각했던 것 같다. 그리고 이런 것들을 가지면 행복할 수 있다고 생각한 것 같다. 열등감이 많다면 환상적인 것들을 바라며 충족되지 않는 것들과의 차이 때문에 더욱 행복하지 않다고 생각하기 쉽다. 이런 상황에서는 모든 것이 다 상처가 될 수 있다. 늘 비교하고 피해의식을 느끼기 때문이다. 이것은 행복에 대한 우리의 착각이다. 별 인생 없다. 별 인생을 꿈꾸기 때문에 상처받는다. 행복은 내면의 것이다. 우리는 비교 당하면서 또는 비교하면서 박탈감을 느끼기 쉬운 세상에 살고 있다. 그래서 자주 자존감이 내려간다.

월간지 칼럼 이민화 카이스트 교수님의 글에 '불행은 외부 환경에서,

행복은 인간 내면에서 기인한다. 춥고 배고프지 않으면 불행하지 않을 수는 있으나 행복한 것도 아니다. 행복은 내면의 욕망 충족을 위한 도전으로 이루어진다. 불행은 물질적 부족에 기인하나 행복은 고통이 따르는 도전으로 얻어진다. 산에 올라가지 않으면 고통의 불행은 없으나 산에 오른다면 올라가는 고통을 통해 정상 정복의 행복을 얻는다. 불행은 복지를 통한 지원으로 충족되나 행복은 도전을 통한 성취로 충족된다.'고 했다. 지금 상처받아 마음이 아프다면 행복하기 위한 도전이라고 생각해 보면 좋겠다. 어릴 때 읽었던 동화가 생각나지 않는가? 파랑새는 늘 우리와 함께 있었다는 결론에서 상처받고 아프고 힘든 지금 여기에 나와 함께 있는 행복을 찾을 수 있기를 바란다.

1965년도에 제작된 '행복'이라는 영화가 있다. 영화의 초반부는 화사하고 밝고 따듯한 행복한 한 가정을 소개한다. 프랑수아와 테레즈는 두 아이들과 행복한 가정을 꾸려가고 있다. 평화와 즐거움으로 가득한 완전한 행복으로 생각할 만한 모습을 보여준다. 그러나 남편 프랑수아가 우체국에서 일하는 에밀이라는 여성을 만나 사랑에 빠지게 된다. 가족소풍에서 남편 프랑수아에게 더 없이 행복해 보이는 이유를 묻자 프랑수아는 에밀과의 관계를 이야기하게 되고 몇 시간 뒤 테레즈는 죽은 채 발견된다. 프랑수아는 에밀과 재혼하게 되지만 따뜻함이 없는 무거운 느낌으로 영화는 끝이 난다. 이 영화는 우리에게 행복이 무엇인지 질문을 던진다.

행복의 조건을 감정과 욕망의 충족으로 보는 것은 부요함과 많은 학식, 그리고 아름다운 외모와 멋진 애인이나 완벽한 남편을 상상하는 것과 같다. 그것이 이루어지지 않는 것을 불행으로 생각한다면 그것은 행복에 대한 착각일 수 있다. 이런 것을 행복으로 착각하지 말아야 한다.

우리는 행복을 사소한 것에서 부터 착각한다. 전혀 피곤하지 않은 삶이었으면 행복하겠다고 생각하는 것은 헛된 환상이다. 힘든 일이 전혀 발생하지 않는 삶이면 행복하겠다고 생각하는 것도 헛된 환상이다. 공부 잘해서 좋은 대학가고, 좋은 직장에 취업이 되고, 돈 많이 벌면 행복하겠다고 생각하는 것도 헛된 환상이다. 성격이 좋아서 누구하고나 트러블 없이 잘 지낼 수 있으면 행복하겠다고 생각하는 것도 헛된 환상이다. 좋은 집과 좋은 차, 원하는 것을 다 가지면 행복하겠다고 생각하는 것도 헛된 환상이다. 우리는 이렇게 헛된 환상을 가지고 있기 때문에 그렇지 않은 현실이 무겁게 느껴진다. 이것은 우리가 이렇게 갖고 싶은 대로 가질 수 있고 되고 싶은 대로 되는 것이 행복이라고 사회가 통념적으로 가르쳐준 것을 여과 없이 받아들이고 있기 때문이다. 그래서 기준에 못 미치는 현실에 대해서 부정적인 느낌이 드는 것이다. 피곤해도 감당 할 수 있으니 행복한 것이다. 좋은 대학이나 직장이나 돈 많이 버는 것도 내가 목표를 세우고 만들어 가겠다고 생각하고, 그 과정을 감당하겠다고 생각할 때 행복할 수 있다. 행복은 절대 어렵지 않다.

내가 아는 A씨는 사업을 하다 망하게 되어 중년에 재취업을 하는데 3개월간 70군데에 이력서를 넣어 취업에 성공했다. 또 다른 J씨도 대학교를 졸업하고 취업하기 위해서 100군데에 이력서를 넣어 합격되어 직장생활을 잘 하고 있다. 트러블 없는 대인관계도 내가 만들어가기 위해 스스로 다가가야 한다는 것을 받아들이면 된다. 상처가 많은 사람은 다가오길 바라고 다가가려고 하지 않으면서 상처받는다. 내 삶의 주체는 나다. 행복은 내가 만들어 가는 것이다. 남을 탓하거나 원망한다는 것은 행복을 위해서는 불필요한 일이다. 원망과 섭섭함과 야속함을 지워버리지 못하고 삶을 수동적으로 살아간다면 너무 아까운 시간들을 비 생산적으로 흘려보내게 될 것이다. 그러지 않는다면 훨씬 더 행복한 삶이 될 것이라고 믿는다.

나는 살면서 상처를 많이 받았다. 아버지는 가정에 무심하신 분이셨고 열악한 환경에서 아버지 대신 자녀 교육과 양육을 홀로 책임지신 어머니가 늘 나다니시며 일을 해야 했다. 그래서 오빠도 가정 경제에 어렸을 때부터 한몫을 해야 했는데 바로 아래 동생인 나에게 불합리한 이유로 폭력을 많이 휘둘렀었다. 그것은 형제간에 한 대 때린 정도가 아니라 폭행 수준이었기 때문에 나는 상처를 많이 받았다. 게다가 이런 반복되는 일에 어머니는 방임했다. 그런데 나는 거기에서 나의 무가치함이 느껴져서 많이 괴로웠고 또 그 모든 책임을 나 스스로에게 돌리면서 내가 바보 같아서 그런 것이라며 나 자신을 미워하게 되었다. 두 번째는 하나님께 책임을 돌렸다. 나를 사랑하지 않기 때문에 나에게 이렇게 살게 하시는 것이라고 생각했다. 하나님에 대한 섭섭함은 쉽게 사라지지 않았다. 나는 해결되지 않는 이 상처로 인해 너무나 많은 시간들을 헛되이 지나가게 버려두었다. 상처로 억울한 것 보다 너무나 소중한 내 인생의 시간을 비생산적인 방법으로 헛되이 흘려보낸 것이 더 안타깝다. 많은 것을 배우고 많은 것에서 성장할 수 있는 너무나 소중한 시간들을 그냥 떠내려 보낸 것이다.

행복하지 않아서 힘이 드는가? 그게 무엇이든 행복을 만들어 갈 수 있다는 것을 믿었으면 좋겠다. 예쁘지 않다거나 많이 배우지 못했다거나 부자가 아니어서, 혹은 명품 가방이 없다거나 좋은 집, 좋은 차, 해외여행을 못 가서 행복할 수 없는 것은 아니다. 목표를 가지고 구체적인 행동을 하는 것이 행복이다. 행복을 만들어갈 수 있는 사람에게만 주어진 재능이 찾아보면 누구에게나 다 있다고 믿는다. 이것을 가지고 행복을 만들어 가라. 행복은 미래에 있는 것이 아니라 만들어가는 지금 여기에 있다.

03

네게 상처를 입힐 수 있는 사람은 오직 너뿐이다

우리 주위를 둘러보면 상처를 잘 받지 않는 사람들이 있다. 상처를 잘 받지 않는 사람들은 대체로 밝고 긍정적이다. 또 상처를 받더라도 상처받은 상황이 그 자리에서 바로 인식되고 바로 반응을 일으킨다. 현장에서 바로 화를 내거나 아니라고 딱 잘라 자기를 변호할 줄 안다. 좀 더 성숙한 사람은 뼈 있는 농담으로 상대에게 한 방 날림으로써 웃으면서 상처를 너끈히 받아낸다. 그러니 마음에는 아무것도 남기지 않는다. 다 완벽하게 처리되지 않은 부분이 있더라도 '이건 여기까지'하며 상대방이 상처 준 일에 대해서도 어느 정도 여유롭게 대하고 곧 잊어버려준다.

상처를 가지고 있는 사람이 상처를 받는다. 나도 오로지 상처 받은 사람으로 살아가던 시절에는 이런 것을 몰랐다. 그러나 지금은 관계가 많이 편해져서 화난 일은 바로 표현하고 마음에 앙금을 남기지 않아 금방 관계에 다시 섞인다. 상처 받지 않으니까 삶이 즐겁고 행복하다. 내가 하는 일에 집중 할 수 있고 무기력했던 전의 삶과 비교해 보면 삶의 에너지가 있다는 것을 느낀다.

상처 받는 사람은 상대방이 잘못했기 때문에 내가 상처 받았으니, 상대방은 나쁜 사람이 되고 나는 피해자가 되는 것이다. 따라서 '나한테 어떻게 그렇게 할 수 있어!'가 주제가가 되고 나에게 잘못한 사람이 자기 잘못을 반성하고 나에게 사과를 해야 한다고 생각한다. 그들은 또 자기표현을 잘 못하기 때문에 속으로만 끙끙 앓고 상대방을 용서하지 못한다. 그래서 상처받은 위축된 마음으로 살면서 또 다른 사람에게 반복적으로 상처 받기 쉬운 상태에 놓이게 되는 것이다. 그것은 쌓이고 쌓여서 산더미 같이 되고 자기삶이 되어 버린다. 상처를 잘 받는 사람은 자기 스스로를 완벽한 잣대로 평가하면서 그 기준에 못 미치는 자신을 부족하고 못났다고 여기며 자신을 사랑하지 않는다. 결국 상처를 잘 받는 사람은 자기 스스로에게도 계속 상처를 주게 된다.

상처는 어디에서 오는가? 타인을 대하는 반응 방식은 마음 어느 곳에 뿌리를 내리고 있는가에 따라서 다르다. 상처는 어린 시절 우리의 부모나 혹은 대리 양육자와의 관계에서 그분들의 태도나 표정, 몸짓, 말버릇, 삶의 방식의 많은 부분을 닮는다. 특히 그분들이 준 상처라면 그것은 거의 평생 동안 잠재의식에 침잠해 있고 일상생활에 영향을 끼치게 된다.

심지어 우리는 우리가 보지 못한 부모님의 모습까지도 기억하고 닮는 것 같다. 가족포치 연구소 소장 마크 월린Mark Wolynn은 '감정적 유산은 유전자 발현부터 일상생활 언어에 이르는 모든 요소에 새겨져 있으면서 정신 및 신체 건강에 생각보다 훨씬 큰 영향을 미친다.'라고 했다. 어느 실험에 의하면 '나치의 죽음에서 겨우 살아난 사람의 손자가 그 조부모의 정보를 모름에도 불구하고 꿈에서 조부모의 고통의 현장에 놓이게 되고 신음하다가 잠에서 깨기도 한다.'고 한다. 나는 결혼 후 1년 만에 남편이 사망했다. 그 때 아들은 막 돌쟁이였다. 아버지의 모습을 기억하지도 못 할 뿐더러 아버지와 관계를 경험한 일도 없다. 왜냐하면 아들이 태어난 지 6개월 만에 남편은 병원에 입원을 했고, 그 후 10개월 만에 사망했기 때문이다. 그럼에도 아들이 다 커서 부끄러움을 탈 때 아버지와 똑같은 표정과 몸짓을 하는 것을 보고 놀랐다.

나는 앞서 말한 것처럼 오빠가 나에게 폭력을 가했기 때문에 오빠로 인해서 받은 상처가 내 인생에 있어서 문제가 된다고 생각했다. 그러나 후에 우연히 신학을 같이 한 동기 목사님으로부터 상담을 받고 알게 된 사실은 어머니에게서 받은 상처가 더 핵심이라는 것이었다. 나는 처음에는 인정되지 않았다. 상처를 직접적으로 가한 것은 오빠였기 때문이다. 그런데 그 후로 생각나는 일이 있었다. 어떤 중요한 일이 있을 때마다 어머니가 꿈에 나타났고 그때마다 기분이 몹시 좋지 않았다. 그래서 나를 바닥에 처넣는 실체는 어머니로부터의 상처였다는 것을 나중에서야 깨달았다. 조금이라도 양심에 가책이 될 만한 일이 있으면 꿈에 어머니가 나타나 표독스러운 눈빛으로 나를 뚫어지게 쳐다보곤 했다. 그 때문인지 나는 누굴 대하든 어떤 일을 하든 두렵고 얼어붙어서 꼼짝 못하는 마음이 되곤 했다는 것을 깨달았다. 그럼에도 나는 그런 두려움과 공포를 덜 느끼기 위해서 감정을 회피하면서 아무렇지도 않은 척 마음도 행동도 의식적으로 둔감화하며 살았다.

이렇게 내 생각과 마음이 상처에 집착되어 있으면 모든 것을 상처로 받을 수밖에 없다. 내 안에 상처가 있으면 상대방이 한 말이나 태도나 행동에서 나에게 상처 될 만한 것만 찾아서 확대해서 보고 그것만 기억하고 그것만 본다. 내가 상처받을 만한 것만 선택하는 것이다. 어느 유명하신 목사님이 이런 말씀을 하신 것이 기억난다. 예배를 마치고 입구에서 가시는 성도들을 배웅하고 있는 중이었다. 그런데 웃으면서 고개를 숙이고 인사를 계속하다보니 웃는 입 근육이 좀 피곤한 것 같아서 잠깐 웃는 입 꼬리를 내린 순간이었다. 그때 마침 시험 잘 들기로 소문난 여자 집사님이 나가다가 이것을 보고는 '다른 사람들을 보고는 계속 웃다가 내가 오니까 웃음이 싹 가시는걸 보니 나를 싫어하시나 보다.'라며 시험에 또 들더라는 것이다. 나도 이런 식이었다.

상처를 준 사람에게도 물론 잘못이 있을 것이다. 그러나 상처의 책임을 전적으로 상대방에게 돌리려는 것은 생각해 볼 문제다. 우선 상대방도 인생과 삶에 대하여 미숙한 상태인 것이 자명하다는 것을 먼저 생각할 수 있다. 그래서 대개는 의도적인 것이 아닐 가능성이 높다. 또한 내가 나에게 상처 주는 사람에게 어떻게 반응하는가는 오롯이 나의 선택인 것이다. 이것은 모든 것이 내 책임이라는 뜻이 아니다. 상처받은 이후에 내가 나의 삶을 어떤 식으로 살아가는지는 나의 책임이 따르는 문제라는 뜻이다.

정신분석의 창시자 지그문트 프로이드Sigmund Freud는 부적응적인 자신의 행동에 대하여 원인론적인 입장에서 해석한다. 즉 '내가 이러는 것은 어렸을 때 상처를 받았기 때문에 그런 것이다.'라는 것이다. 한편 베스트셀러 ≪미움받을 용기≫의 내용으로 알려진 알프레드 아들러Alfred Adler의 심리학에서는 목적론적으로 설명하는데 그것은 '내가 원하는 목적에 의한 반응으로 지금과 같은 상처를 가지고 살고 있다.'는 것으로 해석했다.

어느 날 밤 기도하고 싶다는 생각에 아무도 없는 교회로 가고 있었다. 남편의 도박으로 인한 경제적인 어려움, 그로 인해 경제활동과 아이 양육을 혼자 다 책임져야했던 나는 너무 벅차고 힘겨운 상황이었다. 나는 너덜너덜 상처투성이여서 나같이 아니 나보다 더 심각한 남편을 만난 것이 억울하기 보다는 그냥 남편에 대하여 연민을 느꼈다. 하지만 현실 문제는 너무 버거웠기 때문에 울면 좀 시원해 질 것 같은 생각이 들었다. 그래서 밤에 교회에 가게 된 것이었다. 그런데 아무도 보지 않음에도 불구하고 나는 창피함을 느꼈다. 자존심 상하는 느낌, 부끄러운 느낌, 그런 것들이 나의 울음조차 막고 있었다. 그래도 마음이 답답해서 울어 보기로 결심하였는데 신기한 것을 발견했다. 창피함과 수치스러움을 느끼며 울고 있는 내가 있었고 그런 나를 보고 있는 내가 있었다. 이 둘 사이가 너무도 그날은 선명하게 구분되었다.

나는 생각했다. 내가 원하는 나는 건강하고, 확신에 차있고, 긍정적이며 지금의 환경을 잘 순화시키며 행복을 만들어가는 나이다. 나는 '내가 원하는 나를 선택하고 그 의지대로 만들어 갈 수도 있겠구나!'라고 생각해 보게 되었다. 어떤 이유에서든 나는 상처로 반응하지 않는 나를 선택할 수도 있다고 생각하게 된 특별한 계기이다. 지금도 나는 매일 '나는 쉽게 상처받지 않는 나를 선택한다.'라고 선포한다.

04

혼자 잘해 주고 혼자 상처받는다

성경에는 '남에게 대접을 받고자 하는 대로 남을 대접하라'는 구절이 있다. 로마 황제 세베루스 알렉산더가 이 구절을 금으로 써서 거실 벽에 붙인데서 유래해 이것을 황금률이라고 부른다. 하지만 남에게 분별없이 잘 해주었다가 도리어 상처만 받게 되는 경우가 왕왕 생길 수 있다는 것이 현실이다.

우리는 잉태된 순간부터 관계 속에서 존재한다. 갓 태어난 아이는 엄마와 눈을 맞추고 교감하며 충만한 만족감을 느낀다. 그러나 이 아이는 성장하면서 점차 엄마와의 관계에서 상처받는 일이 생기게 될 것이다. 왜냐하면 첫째로 엄마도 상처받은 영혼일 수 있고, 둘째로 일부 엄마 자체가 가지고 있는 양육에 대한 미숙함이 있을 수 있고, 셋째로 아이와 양육자와의 서로 간의 입장 차이와 같은 것이 있을 수 있기 때문이다. 그리고 형제 사이의 관계에서, 어린이 집이나 유치원에 들어가면서 부터는 가족이 아닌 또래 친구와의 관계에서, 그리고 초등학교를 지나 중학교, 고등학교, 대학교, 사회생활에 이르기까지 관계 속에서 갈등하고 상처받으며 성장한다. 관계 가운데서 살아가기 때문에 어떻게든 상처받는 일이 생긴다. 누구든 살면서 작게 든 크게 든 상처받는 일을 피할 수는 없다. 그러나 우리 주변에는 개중에 남에게 혼자 잘해 주고 혼자 상처받는 일이 반복되는 사람들이 있다. 그런 사람은 혹시 그것이 '상대방의 문제라기보다 자기 자신의 문제일 수 있지 않을까?'에 대해서 한 번쯤 생각해 보았으면 좋겠다.

나는 교회에서 전도사로 있으면서 사람마다 특색 있는 관계 패턴이 있다고 느꼈다. 물론 나의 관계를 맺는 패턴도 보았다. 나는 목소리 크고 어디서나 주도하려는 센 사람 앞에서는 작아지는 나를 느꼈고 유약하고 나를 필요로 하는 부분이 있는 사람에게는 과도하게 밀착하기도 했다. 때로는 조그마한 관심에도 모든 것을 기대며 부담으로 다가오는 사람에게는 저절로 뒷걸음질 쳐지기도 했다. 나는 나의 취약점과 상대방의 취약점이 서로 고리지어 있어 상처를 주고받는다고 느꼈다. 그런데 상처를 잘 받지 않는 사람들을 보면 상대방에게 얼마큼은 다가가고 얼마큼은 다가

올 수 없도록 경계를 세우는 마음의 마지노선이란 걸 가지고 있다고 생각되었다. 일종의 독립성이다. 하지만 상처를 잘 받는 사람은 주변 환경이나 상대방의 감정이나 태도에 민감하며 다른 사람에게 도움을 줌으로써 사랑받고 인정받으려는 성향을 가지고 있다. 그렇기 때문에 다른 사람에게 헌신하면서 스스로 상처받고 동시에 사소한 것들이 상처거리가 된다는 것을 알았다.

아동 및 발달심리학자 메리 에인스워스Mary Ainsworth의 애착유형 실험에 의하면 부모와의 애착관계 형성에서 안정애착형은 긍정적이고 적응적인 성격 형성이 되게 하지만 불안정애착형은 회피형, 혼란형, 저항형으로 이들은 공허함과 불안을 느끼는 삶이 지속될 가능성이 높다. 이 공허함과 불안을 덜기 위해서 선택하는 방법 중에 하나는 인간관계에서 일방적으로 주도권을 가질 수 있는 대상, 즉 자기보다 부족하다고 생각되거나 또는 자기를 필요로 하는 사람들에게 잘해줌으로써 관계를 유지하려 하는 것이다.

또 당신이 상처받는 일이 반복되거나, 거절에 대한 두려움이 있거나 또는 다른 사람의 부탁이나 요구를 들어줌으로써 그 관계를 유지하고 있다고 생각된다면, 자신이 이런 관계패턴을 가질 수밖에 없는 마음속의 근원이 무엇인지를 살펴보면 좋겠다. 왜냐하면 사람의 마음 깊숙이 파고 들어와 상처주고 자기가 원하는 대로 조종하며 이용하려는 사람들과의 관계 패턴에 빠지지 않고 건강한 자신을 지키기 위해서이다.

사람은 관계 속에서 의미를 찾고 자기 가치감을 가지기를 원하기 때문에 상대방에게 잘해 주는 것은 사랑받고 인정받고자 하는 마음에서이다. 우리는 상대방에게 잘해 주면서 그것은 내가 상대방을 사랑하기 때문이라고 착각한다. 그런데 그것이 궁극적으로 심리 저변에 상대방에게 인정받고 사랑받기 위해서 잘해 주는 것이라고 한다면, 이것은 목적을 가지고 잘해 주는 것이기 때문에 상대방은 나의 매달리는 사랑에 부담을 느낄 수도 있는 것이다. 아마도 그것은 집착일수도 있고 자기중심적 이기심일지도 모른다. 타인에게 진짜 잘해 준다는 것은 타인의 자유와 성장에 도움이 되는 만큼만 다가가는 거리 조정이다.

딸아이에게 일전에 있었던 일이다. 아직 고등학생인 딸아이에게 남자친구가 생겼다. 그 남자 친구는 공부도 잘하고, 잘생기고, 헬스장에 다니며 운동도 열심히 하고, 여러모로 자기관리를 잘하는 아주 멋진 남자친구라고 했다. 그런데 그리 긴 시간이 지나지 않아 딸은 '그 남자친구와 헤어졌다.'며 화내고, 짜증내고 문을 걸어 잠그고 한동안 힘들어 했다. 나는 딸아이를 너무 잘 알기 때문에 딸이 말하지 않아도 그 관계가 훤히 보이는 듯 했다. 딸은 남자친구에게 아마도 무조건 잘해 주려고만 했을 것이다. 왜냐하면 그 남자친구를 사귀는 것이 자기 가치감에 영향을 주기 때문이며 그 남자친구에게 잘 보여서 사랑받고 관계를 유지하고 싶어 했을 것이기 때문이다. 그 남자친구는 무조건 잘해 주기만 하는 딸에게 매력을 못 느꼈을 수 있다. 딸아이는 다행히 이 사건을 계기로 무조건 잘해 주는 것으로 상대에게 의존하려 했던 태도가 잘못이었다는 것을 깨닫게 됐다며 한참을 지난 다음에 진지하게 털어놨다. 그리고 얼마 지나지 않아 친구 관계에서도 자기의 의사를 명확히 말하고 거절했을 때 도리어 더 당당해지고 아이들이 알아주는 것을 느꼈다고 고백했다.

얼마 전에 어떤 모임에 나갔다가 듣게 된 이야기이다. 어떤 여자 분이 이혼경력이 있는 남자분과 결혼하게 되었다. 그런데 어느 날 남편의 부도덕한 행위를 알게 되었다고 한다. 큰 고민이 된 이 여자 분은 나중에서야 사실을 친한 몇 몇 분들께만 이야기 했다. 이야기를 들어본 즉 여자 분은 착하고 성실한 분으로써 애정으로 기대며 다가오는 상대방을 거절하지 못하고 연민을 느껴 결혼을 했다는 것이다. 나는 이 여자 분에게 가장 먼저 필요한 것은 그 여자 분의 관계 패턴의 치유라고 생각한다. 왜냐하면 혼자 잘해 주고 혼자 상처받는 사람은 잘해줌으로써 사랑받길 원하고 상대방에게 의존하며 자기를 떠날까 봐 두려워하기 때문이다. 또 두렵기 때문에 무조건 잘해 주고, 그러다 보면 나의 매력을 잃을 뿐만이 아니라 잘해 주는 나를 무시하고 쉽게 대하게 만들기 때문이다.

열매는 씨에서 이미 결정되어 있다. 씨가 뿌리를 내려 나무가 되고 열매를 맺을 때, 그 씨가 가지고 있는 열매를 맺는 것이다. 잘해 주고 상처받는 것은 그 상처의 근원이 뿌리에 있고 상처의 씨가 있기 때문에 상처의 열매가 맺히는 것이다. 어릴 때 경험하는 상처들은 뇌와 심장에 기억된다. 그 상처의 씨는 관계에서 인생 전반에 영향을 미친다. 인정받으려고 타인에게 맞추고 사랑이 떠나갈까 봐 두려워하고 두렵기 때문에 불안해 진다. 그러면 관계에서 당당함이 없는 잘해줌이 되고 비굴해진다. 자연스럽게 그렇게 된다.

하지만 또 한편으로는 최선을 다해서 상대방을 위해서 잘해 주었으니 상대방도 나에게 잘해 줄 것이라 기대한다. 그러나 결과는 그렇지 않기 때문에 상처를 받게 된다. 혼자 잘 해주고 상처받지 마라. 나로서 서 있을 때 지키고 싶은 관계와 사랑이 지켜진다. 내 안의 상처로 인해서 본능처럼 작용되는 결핍이 있다는 것을 인정하고 잘해 주는 방식을 사용하지 마라. 당신의 있는 그대로의 가치는 무궁무진하며 풍요하다. 내 안에 상처가 있기 때문에 상처를 불러들인다. 상처는 잘못된 인식을 만든다. 나는 부족하다. 나는 무가치하다. 나는 쓸모없다. 이런 내면의 음성이 있다면 상처가 나를 속이고 있는 것이다.

05

착한 사람 콤플렉스가 불행의 씨앗이다

나의 지인 B씨는 어려서부터 거의 소녀 가장으로 생활했다. 아버지는 술과 여자로 어머니를 괴롭히셨고 지인은 할머니가 키우시다가 후에는 친척과 같이 살거나 언니와 자취 생활을 하며 살았다. 그럼에도 불구하고 지인은 어릴 때부터 공부도 잘했고 착한 아이로 살면서 일찍부터 인정받으며 성장했다. 커서는 어머니에게 경제적인 조력도 하는 가장의 역할을 하며 살게 되었다. 결혼 후에도 그러한 역할에서 자유롭지 못했고 어머니의 빚이나 사업자금까지 도우며 인정받는 착한 딸로서의 역할을 한 그녀였다. 그런 그녀의 남편은 예민한 성격의 소유자였는데, 그 가운데 어머니가 아프시면서 그녀의 집에서 함께 살게 되자 문제가 발생되었다. 그녀에게 공황장애가 시작된 것이다. 어머니만 보면 가슴이 답답하고 숨이 막혀 죽을 것 같아 쓰러지니 어머니가 그녀의 집에 다시 오지 못하게 되었다. 그러자 이번에는 그로 인한 죄책감이 들어 마음이 괴로웠다.

B씨는 지금까지 자기가 살아온 것은 착한 딸이 되어 인정받고 싶었던 것이었다고 했다. 부족한 어머니에 대한 사랑의 갈구였다고 했다. 하지만 그것은 점차 어머니를 의존적으로 만들면서 자신에게 더욱 의지하게 만들게 된 것이다. 그 짐이 점점 무거워 지면서 더 이상 감당하기 힘들게 되자 결국 아프게 된 것이다.

오늘 조카가 결혼을 했다. 폐백을 하면서 신랑 쪽, 신부 쪽의 모든 부모 형제들이 하나같이 하는 인사말이 있었다. 그것은 다름 아닌 '행복하라'는 것이다. 요즘에는 콜 센터의 직원이나 콜 센터에 전화를 거는 고객들도 '행복하세요!'라고 인사말을 하는 경우가 많다. 물론 나도 조카에게 서로 이해하고 행복하게 잘 살라고 덕담을 했다. 그러나 행복을 인정받는 것에 두고 타인에게 잘해 주려는 것에 포커스를 맞추다 보면 진짜 자기의 삶이 없게 되고, 원하는 행복과 멀어지게 될 수도 있다는 것도 기억했으면 좋겠다.

나는 착한 사람들이 가지고 있는 자신에 대한 감정 표현에 대한 억압이 강했고, 지금에 와서 생각해 보면 줄곧 우울증을 앓았던 것 같다. 말수가 적었고 나의 초등학교 성적표에 나오는 선생님의 평가에는 '조용하고 온순함'이라고 주로 적혀있었다. 주로 양보하며 거절은 잘하지 못했다. 친구 관계에서도 말없이 가만히 있다가 먼저 말을 걸어와 주거나 어떤 방법으로든 먼저 다가와 주면 그 아이가 친구가 되었다. 나를 싫어할까 봐 눈치를 보았다. 성년이 되어서도 오래도록 내가 한 말을 상대방이 어떻게 생각했을까를 밤새워 걱정하곤 했다. 나는 종종 착하다는 소리를 듣곤 했는데 사람들에게 맞춰주기만 하는 것은 사실 착한 것이 아니라 자존감이 낮은 것일 수 있기 때문에 잘 생각해 보아야 한다. 자주 비난과 평가와 지적을 받으면서 상처를 받게 되면, 살기 위해서 또 인정받기 위해서 착한 사람 콤플렉스가 만들어진다. 게다가 우리나라는 유교적 교육 배경의 폐해로 어려서부터 자신의 감정을 누르고 억제하며 어른이나 윗사람이 원하는 대로 맞춰야만 했다.

내가 이태원에 있는 미국인 교회에서 예배드릴 때의 일이다. 젊은 미국인 엄마가 어린아이들 세 명이 떠들며 주위를 혼란스럽게 하자 아빠와 엄마는 아이들을 한 명씩 양 팔의 팔뚝 부위를 꼭 붙잡아 눈을 맞추고 또박 또박 천천히 반복해서 "예배 시간에는 조용히 해야만 하는데, 그럴 수 있겠어?"라고 몇 번 말하자 아이들은 침착해졌다. 나는 그렇게 아이들과 어른이 시선을 맞추고 신사적으로 이야기하고 통할 수 있다는 것을 처음 알았다. 우리는 어떠한가? 대부분의 어른들은 일방적인 명령으로 혼을 낸다. 게다가 "너는 왜 그 모양이냐?" "하지 말라고 했어 안 했어?"라며 다그친다. 이런 억압은 자신의 자연발생적인 감정을 부정적인 것으로 인식하게 만들고 야단맞고 지적받는 것에 대한 방어기제가 생기게 한다. 또한 자기를 억제하고 착하게 되려고 애쓰는 것은 성인이 되어서 착한 병의 원인도 될 수 있다.

미국의 저명한 상담 전문가 듀크 로빈슨Duke Robinson 은 착한사람 콤플렉스가 있는 사람들의 특징에 대하여 '완벽해야 한다고 생각하며 말이 없고 화는 꾹 참고 선의의 거짓말을 하며 언제나 도우미가 되기를 작정한다.'고 설명했다. 직장생활에서도 온라인 취업포털 사람인 이정근 대표에 의하면 '884명을 대상으로 조사한 결과 착한 직장인 콤플렉스가 있다고 스스로 생각하는 사람이 67.3%에 해당한다.'고 한다. 이만큼 내 마음의 소리에 귀를 기울이기 보다는, 자신을 억압하고 타인의 요구에 맞추며 거절을 하지 못하는 착한사람 콤플렉스가 있는 사람들이 많다는 것을 알 수 있다.

착한사람 콤플렉스가 있으면 사람들과의 관계에서 인정받기 원하고 사람들이 자신을 싫어 할까봐 두렵기 때문에 거절을 잘하지 못하게 된다. 또한 사람들에게 폐를 끼치지 않아야 한다고 생각하고 사람들에게 잘해주어야 한다고 생각한다. 이것은 전략적으로 선택한 자기 존재 방식중의 하나일 것이라 생각한다. 따라서 자신의 감정은 솔직하게 표현하지 못하고 욕구와 소망을 억압하면서 타인에게는 모든 걸 맞춰주는 착한사람 프레임에 갇히게 되는 것이다.

착한사람 콤플렉스가 불행한 이유는 타인을 의식하고 그 기대에 부응하기 위해 자신의 행복을 돌보지 않기 때문이다. 주변만을 의식하고 감정 표현을 잘 하지 못하고 지내다 보면 마음의 병이 생긴다. 진짜 자신이 누구인지, 무엇을 원하는지는 생각하고 느낄 새도 없이 맞춰주며 끌려가는 인생이 되고 만다. 자아정체성을 확립하지 못하고 자기다운 인생을 살지 못하게 되면서 불안하고 마음의 자유가 없고 자기 존재의 정착감을 느끼기 어렵다.

진짜 자존감은 타인에게 인정받기 위해 무엇을 할 필요가 없으며, 인정을 받지 못한다고 불안해 할 필요도 없다. 다른 사람들의 기대에 부응하기 위해 착한 사람이 되는 것보다 나 자신에 대한 가치가 더 중요하다. 따라서 내가 원하는 만큼만 기꺼이 친절을 베풀어 주고 그 나머지는 신경 끌 수 있어야 한다. 완벽하지 않아도 되며 있는 그대로의 자신의 모습을 인정하고 관심을 자신에게 두어야 한다.

대학에서 통계학을 전공하고 지금은 감정코치 자기계발작가인 유영

희 작가는 그의 책 ≪감정 멈추고 들여다보기≫에서 '주변의 부탁은 무조건 들어주어야 하고 일은 완벽해야 하고 남에게 인정받는 사람이 되어야 한다고 무의식적으로 생겨난 생각과 행동들이 습관화되면서 의도치 않게 본인을 착한 사람의 틀에 가둬버린다.'고 하며 '착한 사람들이 해결해야 하는 가장 시급한 문제는 타인으로부터 인정받고자 하는 욕구에서 벗어나는 일이다. 그리고 당당하게 거절할 줄 알아야 한다.'고 말했다.

이제까지 착한사람 콤플렉스로 발생된 불행을 느끼고 있지는 않았는가? 부탁을 받으면 무엇이든지 거절하지 못하고 사람들의 눈치를 살피면서 무의식적으로 착한 사람이 되어 주며 분위기를 맞춰주는 사람이 되려고 하지는 않았는가? 조금은 이기적이어도 괜찮다. 먼저 나 스스로를 존중하고 나다운 개성을 발휘하는 일에 관심을 두며 내 삶의 목표에 집중하자. 착한사람 콤플렉스가 불행의 씨앗이 될 수 있기 때문이다.

06

내 마음이 늘 가난한 이유

옛말에 '곳간에서 인심 난다.'는 말이 있다. 내가 여유가 있어야 다른 사람에게 인심을 베풀 수 있다는 뜻이다. 요즘 신조어에는 금수저, 흙수저라는 말이 있다. 나는 경제적인 것뿐만이 아니라 마음에도 금수저, 흙수저가 있다고 생각한다. 사랑도 받아본 사람이 줄 줄도 안다고 하듯이 사랑받지 못하고 자란 사람이 남을 배려하고 돕고 사랑하기란 쉽지 않다.

나는 자라면서 인색했던 것 같다. 나는 어머니에게 '밴댕이 소갈머리'라는 말을 들었던 것이 최근에 갑자기 생각이 났다. 나도 잊어버린 지 오래된 일인데 어떤 일로 대화 끝에 '이렇게 하면 속이 좁아 보여요.'하는 말을 들으니 갑자기 생각이 나서 나의 일면을 또 한 번 생각해보게 되었다. 우리 집은 가난했고 나는 어머니의 사랑과 돌봄이 부족했다. 외갓집이나 큰집에 맡겨지기도 했으며 가족 간에 따뜻한 사랑과 애착을 별로 경험하지 못하고 자랐다. 그래서 나는 마음도 흙수저인지 부정적인 생각을 많이 했고 근심걱정을 안하면 뭔가 허전함까지 느꼈다. 그냥 존재 자체가 불안해서 근심걱정이라도 하고 있으면 뭔가를 하는 것 같은 생각이 들었다. 이런 나는 다른 사람에게 먼저 다가가거나, 배려하고 친절을 베풀거나, 도와주기 위해 선뜻 나서거나 하지 못했다.

조선 시대 진묵대사의 일화에 이런 이야기가 있다. 진묵대사의 아주 가난한 한 조카에게 '가난에서 벗어나기 위해서는 복을 지어야 하는데, 내가 손님 일곱 분을 모시고 올 테니 너는 밥상 일곱 개를 정성스럽게 준비해 놓아라."고 했다. 가난한 조카는 부자가 될 것이라는 기대감에 부풀어 밥상을 마련했다. 그런데 진묵대사는 7명의 걸인 손님을 데리고 왔다. 조카는 손님이 걸인인 것을 보며 화를 내고 투덜거리며 불평을 했다. 그러자 손님들은 하나 둘씩 자리를 떠났고 한 걸인만이 남아서 대접을 받았다. 그런 일이 있은 후 조카는 우연히 돼지 한 마리를 사 오게 되었고, 그 돼지가 12마리의 새끼를 낳고 그것으로 다시 송아지를 사서 키우며 얼마간의 시간이 지나자 조카는 부자가 되었다. 그런데 3년 후에 불이 나서 돼지우리와 외양간과 집까지 모두 타 없어지게 되었다. 조카는 다시 가난한 빈털터리로 돌아갔다.

가난을 대물림한다는 이야기는 많이 들어 보았을 것이다. 나에게도 이와 똑같은 일이 벌어졌다. '왜 매번 인생이 빈털터리로 제자리로 되돌아오곤 할까!'를 많이 고심했었다. 그것이 마음의 문제였다는 것을 그때는 알지 못했다. ≪엄마의 자존감 공부≫를 쓴 유명한 김미경 강사도 그의 유튜브에서 '자존감도 대물림된다.'고 이야기하는 것을 들었다. 이것은 여러 심리학자들도 동의하는 바이다. 물질적인 가난은 마음의 가난과 같은 이야기가 된다. 주변의 사람들만 보아도 알 수 있다. 형편이 넉넉하고 여유가 있는 사람은 표정이나 말에서도 그 여유가 느껴지고 돈 쓸 일이 생겨도 옹졸하게 굴지 않고 당당함이 있다. 반면에 없는 사람은 전전긍긍하고 쪼잔하다. 돈 들어가는 일이 생길까 봐 겁부터 낸다. 이러한 삶의 태도를 보고, 돈 없다는 소리를 늘 듣고 자란 아이들은 항상 마음이 여유롭지 못하고 여러모로 속 좁은 사람이 되기 쉽다.

마음이 가난한 사람은 늘 '없다.' '안 된다.' '힘들다.'는 마음으로 가득 차 있다. 그리고 누군가가 하루아침에 큰 선물이라도 턱하니 가져다 줄 것처럼 여기고 막연하게 산다. 그런데 그런 일은 평생 이루어지지 않는다. 또한 내가 가지고 있는 것을 다른 사람들에게 줄 줄도 모른다. 아니 줄 것이 없다고 생각한다. 사소한 것들 하나하나를 다 두려워한다. 그리고 자기만을 알아주고 인정해주기를 바라면서, 그것이 어긋날 때 섭섭히 여기며 선을 긋고 마음의 벽을 세워 스스로 외톨이가 되어버린다. 또

한 남들이 잘 된 것에 대해서는 '저 사람은 부모 잘만나서 마음대로 공부할 수 있었으니까 저만큼 공부도 하고 잘 살 수 있게 된 것이지.' '저 사람은 그래도 외모가 받쳐주니까 좋은데 취업하는데도 유리했지.' '저 사람은 집안에 인맥이 있었으니까 사업해서 돈도 벌 수 있었지.' 등등 도통 나에게는 없다는 생각뿐이다.

중요한 것은 '없다.'라는 핑계 뒤에 숨어 그 어떤 구체적인 행동을 취하지 못한다는 것이다. 중국의 최대 전자상거래 업체 알리바바 그룹 회장 마윈은 이런 말을 했다. '지구상에서 가장 함께 일하기 힘든 사람들은 가난한 사람들이다. 자유를 주면 함정이라 얘기하고, 작은 비즈니스를 얘기하면 돈을 별로 못 번다고 하고, 새로운 것을 시도하자고 하면 경험이 없다고 하고, 큰 비즈니스를 얘기하면 돈이 없다고 하고, 새로운 비즈니스 모델이라고 하면 다단계라 하고, 상점을 같이 운영하자고 하면 자유가 없다고 하고, 새로운 사업을 시작하자고 하면 전문가가 없다고 한다. 그들에게는 공통점이 있다. 구글이나 포털에 물어보기를 좋아하고 희망이 없는 친구들에게 의견 듣는 것을 좋아하고 대학교수보다 더 많은 생각을 하지만 장님보다 더 적게 일을 한다. 그들에게 물어보라 무엇을 할 수 있는지. 그들은 대답할 수 없다. 내 결론은 이렇다. 당신의 심장이 빨리 뛰는 대신 행동을 더 빨리하고 그것에 대해 생각해보는 대신 무언가를 그냥 하라. 가난한 사람들은 공통적인 한 가지 행동 때문에 실패한다. 그들

의 인생은 기다리다가 끝이 난다. 그렇다면 현재 자신에게 물어보라 당신은 가난한 사람인가?'

내가 행복하지 않으면 남이 행복한 것도 꼴 보기 싫은 것이 있다. 내가 낮은 자존감으로 자신감도 없고, 두려운 것도 많고, '안될 거야.' 하는 마음만 크면 그저 남 탓만 하게 되고 행동에 옮기지 못하게 된다. 나는 고등학생 때부터 무기력증을 심하게 겪었다. 그때는 손가락 하나를 들어올리기가 집채보다 더 무겁다고 생각했었다. 잠을 자도 만성적인 피로감에 눌려있었다. 삶에 대한 의욕도 매우 부족했었다. 그런데 내가 존경에 마지않는 한 친구는 직장생활을 하면서 암에 걸린 시아버지를 정성껏 병간호하고, 꽃꽂이를 배워서 부업을 하고, 인형가게를 차리고, 대체의학을 공부하면서 대학원을 마쳤고, 또 십여 년간 마라톤도 하였다. 나는 그 친구를 볼 때마다 에너지를 느꼈다. '왜 나는 저렇지 않은 거지!'라는 고민을 많이 해 보았다. 본질적으로 내 마음이 늘 가난해서 그러한 역동적인 삶이 살아지지 않는 나의 상태가 싫었다. 그 어떤 심리적인 제약 없이 무엇이든 그냥 할 수 있는 사람이 되지 못하는 것이 무척이나 괴로웠었다. 모든 상처를 떠안고 있다는 것을 안다고 해서 마음의 상태가 쉽게 바뀌지는 않았다.

아리스토텔레스는 ≪니코마스 윤리학≫에서 '삶의 의미는 행복에 있다.'고 했다. 나는 행복을 느끼지 못했었다. 우리 안에는 자신의 본질에서 에너지가 우러나올 때 비로소 삶의 열정을 찾아 제대로 된 자기다운 삶을 살 수 있고, 창의력과 재능을 발휘할 수 있게 된다고 생각한다.

마음이 가난한 것은 넘어야 할 두려움을 넘지 않거나, 자기 상처에 직면하는 아픔을 회피하거나, 열심히 살아야 하는 노력을 하지 않는 나태함과 게으름이 작용하고 있어서다. 마음이 가난한 것도 자기책임이 있음을 알아야 한다고 생각한다. 행복할 권리를 회복하는 것이 자기 인생에 져야 할 책임이다. 이 책임을 지기로 결심하면 마음의 부자, 경제적인 부자의 삶을 살 수 있는 길로 나갈 수 있을 것이라 믿는다.

07

쉽게 상처받는 사람들의 공통점

쉽게 상처받는 사람들은 자신의 행동, 말, 선택 등 모든 것이 괜찮은지, 괜찮지 않은지가 불안한 사람들이다. 쉽게 상처를 받는다는 것은 상처받지 않을 마음의 힘이 약해서다. 타인이 자기 생각을 기준으로 나를 조종하는 강한 억압을 받아온 성장은 낮은 자존감을 만들고, 자신감이 결여된 나를 만든다. 그렇기 때문에 심지어는 혼자 있을 때에도 의식을 외부에 두고 있다. 그리고 외부로부터 오는 모든 자극은 크던 작던 상처를 주는 것들로 받아들여지게 된다.

쉽게 상처 받는 사람들의 특징에 대하여 다음과 같이 정리해 보았다.

첫째, 자신의 존재 자체에 대한 믿음이 결여되어 있다.

사실 알고 보면 모든 것은 믿음이 기초가 된다. 버스를 타고 행선지를 향하여 가는 것도 버스기사의 운전에 대한 믿음이 기초가 된다. 음식을 사 먹거나 옷을 사거나 다 마찬가지이다. 믿음 없이는 아무것도 안 된다. 그 믿음의 기초는 나라는 존재 자체부터 출발되는 것이다. 출생의 비밀이 알려지는 드라마에서는 주인공이 큰 혼란을 겪는다. 하지만 대부분의 사람들은 출생의 비밀 같은 것은 염두에 두지 않는다. 믿음은 의심할 여지 자체를 갖지 않는 것이다. 그러나 자신이 전적으로 무력한 상태에서 큰 상처를 받았거나, 습관적으로 존재 자체를 부인당하는 말을 자주 듣거나, 지적과 비난을 많이 받으며 성장하게 되면 건강한 자존감을 갖게 되기 어렵다.

둘째, 사랑을 잃을 것에 대한 두려움이 있다.

사람은 사랑을 먹고 산다. 믿음이 기초이듯 사랑도 기초다. 사랑받지 못한 사람은 자기 자신을 사랑하는 데 있어서 어려움을 느낀다. 자신의 모든 모습을 사랑스럽게 느끼지 못한다. 자신의 키, 얼굴, 체형, 성격, 능력 등을 남과 비교하며 사랑받을 만한 존재가 못 된다고 느낀다. 그래서 자존감은 바닥이 되고, 실바람 같은 사건에도 금방 휘청하고 상처받아 쓰러진다. 또한 사랑받기 위한 무한 봉사로 스스로를 지치게 하고, 그 사랑을 잃을 것에 대한 두려움이 있고, 그 두려움 때문에 당당해 지지가 않는다. 또한 불안해서 집착하게 된다. 사랑을 취하게 되더라도 자기에 대한 사랑을 확인하기 위해서 되묻기를 반복하고 때로는 금방 거만해지기도 한다.

셋째, 자존심은 높고 자존감은 낮다.

상처를 잘 받는 사람들은 자존감이 낮기 때문에 자존심을 내세워서 낮은 자존감이 보이지 않도록 방어하려 한다. 그래서 자존심만 잘 내세우고 자기 안에 상처가 있음을 인정치 않으려 한다. 상처받은 원시의 사건은 억압을 당하면서 무의식으로 깊숙이 내려가게 되고 자존심 센 사람이 되어야 한다고 생각하게 만들었기 때문이다. 이러한 트라우마는 자극을 받게 될 때마다 두렵고 긴장을 만들어 불안감이 발생하게 된다. 그러나 분명한 것은 이제는 그 상처에서 나와야 한다는 것이다. 여전히 상처받은 그때의 감정으로 있으면 자존심이 상하게 되고 자존감이 낮다는 것을 계속 증명하는 삶을 살게 되기 때문이다. 같은 상황에서 전혀 남의 말에 신경 쓰지 않는 사람들도 많다. 그들은 굳이 타인의 태도나 평가를 의식하지 않는다.

넷째, 주로 부정적인 감정 패턴을 갖는다.

상처를 잘 받는 사람들은 자신에 대한 긍정적인 감정 기반이 약하다. 자신에 대한 평가 자체가 부정적으로 형성되어 있기 때문이다. 따라서 어떤 일을 할 때에 반복적으로 잘 안될 것에 대해서 더 많이 생각하게 된다.

예를 들면 시험에 떨어질 것에 대해 더 많이 생각하고, 가난해 질 것이라고 더 많이 생각하게 된다. 지레 늘 부정적이다. 부정적인 생각과 마음을 가지고 있으면 부정적인 결과를 가져오게 된다. 긍정적인 생각과 마음을 가지고 있으면 긍정적인 결과를 가져오게 된다. 부정적인 생각은 거의 습관화되어 있다. 생각이 곧 나라고 인식하기 때문에 이런 감정의 패턴은 쉽게 바뀌지 않는다. 슬픈 감정, 우울한 감정, 실망한 감정, 화난 감정, 절망적인 감정 등이 자주 나타나며 술이나 게임 등 다른 것으로 회피하거나 중독에 빠지게 되는 원인도 된다.

다섯째, 의존적이며 결정 장애가 있다.

상처를 잘 받는 사람들은 관계에 있어서 상대방에게 지나치게 의존적이다. 상대방에게 의존되어 있으면 상대방의 말과 행동에 예민한 반응을 보이게 된다. 그리고 굴종적이 된다. 어떤 결정을 혼자 내려야 하는 일에도 어려움을 느낀다. 결정을 내려야 할 때 아무 의지력이 작동되지 않는다. 자율적인 결정과 사소한 행동 하나하나에는 혼나고 지적받고 비난받은 기억이 내면에 깔려 있어서 혼자서 독자적인 결정을 내리지 못한다. 누가 뭐라고 할까봐 또는 부정적인 평가를 받을까 봐 의식하다 보니 스스로도 확신이 없어 결정을 내리기가 힘들다. 결정했다가도 이내 마음이 계속 이 생각 저 생각으로 갈팡질팡하게 된다. 이것을 선택하면 저것이 손해일 것 같고 저것을 결정하면 이것이 손해일 것 같아 결정 장애를 겪는다.

여섯째, 감정에 의해 좌우된다.

몸은 어른이지만 감정은 자라지 않아 상처받은 그 시절의 나이 수준에 머무르기 때문에 객관적이고 성숙한 반응을 하기 힘들다. 감정은 유치찬란해서 나에게 잘해 주는 그 사람은 좋은 사람이 되고 나에게 불편을 끼치는 그 사람은 나쁜 사람이 된다. 다른 사람들에게 잘 휘둘리고, 휘둘리고 나면 기분 나빠진다. 내가 남들에게 어떻게 하는지 보다 남들이 나에게 어떻게 하는지에 대해서 계속 상처받고 있기 때문에 상처받은 나는 피해자가 되고 피해의식에서 벗어나지 못한다. 피해의식은 작은 감정을 확대 해석하기 때문에 그냥 넘어갈 수 있는 사소한 일도 심각하게 생각하고 계산하면서 본인도 피곤하고 남들도 힘들게 만든다. 의지보다 감정이 중요하고 그 감정을 자신이라고 생각한다.

의학박사이자 뉴욕 타임즈 베스트셀러 작가인 크리스티안 노스럽 Christian Northrup 은 '어린 시절에 경험한 상처는 인생 전체를 좌우한다.' 고했다. 대부분의 심리서나 상담학에서는 매우 중요하게 다뤄지는 부분이다. 상처를 잘받는 사람들의 특징을 가지고 있다고 생각한다면 우선 내가 상처받은 존재라는 것부터 인정해야 한다. 인정하는 데서부터 치유가 시작될 수 있기 때문이다.

나는 내가 상처받은 영혼이라는 것을 처음 인정했을 때 마음이 너무나 아팠다. 가슴에 비수를 꽂은 것처럼 지독한 아픔이 꽤 오래 지속되었었다. 하지만 상처가 치유되면 상처가 없었던 사람보다 인생을 깊게 보고 넓게 품고 멀리까지 영향력을 끼칠 수 있는 내공 있는 사람으로 변할 수 있다. 최근 스타 강연가인 김창옥 교수도 그의 저서에서 '당신은 아무 일 없던 사람보다 강합니다.'라고 했다. 상처받은 사람이라고 생각된다면 상처가 있다는 것을 먼저 시인하기를 두려워하지 말자. 출발은 여기서 부터이기 때문이다.

2장

• • •

자존감, 반품은 안 되지만 수리는 됩니다

01

더 이상 괜찮은 척하지 말자

중국 격언에 '체면에 목숨 걸다 생고생 한다.'라는 말이 있다. 지나간 과거는 되돌릴 수 없다. 하지만 그 상처받은 과거와 나의 자존감을 떨어뜨린 사건을 어떻게 해석하고 반응하는지는 달라질 수 있다. 상처받았지만 괜찮은 척, 아무렇지도 않은 척 상처를 숨기게 되면 무의식에 계속 쌓이게 되고 상처받은 무의식은 내 삶에 알게 모르게 지속적으로 영향을 주게 된다. 괜찮은 척 하다보면 정말 괜찮다고 착각하면서 괜찮지 않다는 자체를 인식하지 못하게 될 수도 있다.

2장에서는 자존감이 수리될 수 있다는 부분에 대해서 다룬다. 자존감이 수리되기 위해서는 자신의 감정이 무엇인지 찾아내는 것이 중요하다.

우리의 뇌는 상처받았을 때의 그 사건만 기억하는 것이 아니라 그 사건과 함께 그 감정과 느낌, 분위기 등을 총체적으로 기억한다. 그 기억한 것이 순화적으로 해석되어 풀리지 않으면 묵은 감정으로 남아있게 된다. 묵은 감정은 외부자극에 민감하며 반복적으로 자극을 받게 된다. 따라서 이런 묵은 감정이 있음에도 불구하고 두렵거나 또는 다른 사람들이 나를 어떻게 볼지를 의식하면서 괜찮은 척으로 포장하며 오랫동안 살다보면 '나는 원래 그렇다.'고 생각하며 성격화 되어 버린다.

미국의 정신의학계의 대가 칼 메닝거Karl A. Menninger 박사는 그의 저서 ≪인간의 마음 무엇이 문제인가≫라는 책에서 '대단히 심각하게 느끼는 자기 정서의 표현을 위장하려는 것이 확실히 있다.'라고 말하며 '그들은 표현하려는 노력을 억압의 노력과 바꿔 놓는다.'고 했다. 표현을 억압하고 괜찮은 척으로 바꾸는 것은 이유가 있다. 표현이 두려울 때, 남을 의식할 때, 습관적으로 굳어졌을 때가 그렇다. 그의 책에서 '대학교에 다니는 한 여학생이 걱정할 것은 많지만 무엇이든 별스런 문제가 아니라고 생각하며 어떤 일에 대해서도 집중할 수 없고, 재미있는 것도 없고, 인생 자체도 뚜렷한 흥미가 없다며 걱정이 안 된다는 것이 걱정이다.'라고 말했다. 그 원인으로 '부모님의 서로에 대한 비방과 공격에 이리저리 휩쓸리며 성장하면서 부모나 친구, 나 자신에게 조차 관심이 없게 되었고 세상 전반에 대해서 무관심하게 되었다.'고 말했다. 우리도 괜찮은 척의 일환으로 무관심을 선택할 수 있다.

나는 29살에 결혼했다. 그런데 1년 만에 남편이 사망했고, 장례식은 시골 시댁에서 치러졌다. 많은 사람들이 서울에서 문상을 왔다. 나는 눈물을 보이지 않았다. 슬퍼하기에는 너무 상상치 못한 일이 일어난 것이기도 했지만 이런 비참한 나를 사람들이 어떻게 볼까를 생각하니 자존심이 상했고, 그 앞에서 슬퍼하는 모습을 차마 보이기 싫었다. 그리고 지금 생각해보면 슬픔 자체에 관심을 둘 여지를 뛰어넘는 일이기도 했다. 그래서 괜찮은 척 했다. 사람들은 후에 나의 슬퍼하지 않는 것 같은 모습에 대해서 뒷담화를 했다고 전해 들었다. '차마 슬퍼하기에는 너무 슬픈 일이었다는 것을 사람들이 이해할 수 있을까?' 나는 그 해소되지 않은 슬픔 때문에 오랫동안 답답함에 눌려있었고, 나 혼자 더 오래 더 많이 울어야 했다. 감정은 풍선을 물속에 집어넣으려는 노력과 같다. 괜찮은 척해도 어떤 식으로든 징후가 있기 마련이다.

이에 대해 정신분석의 창시자 지그문트 프로이드Sigmund Freud는 '만약 우리가 사람의 온갖 징후 및 암시를 알 수만 있다면 누구도 자기의 비밀을 감출 수 없을 것이다. 그리고 이것은 다만 의식계의 일 뿐만 아니라, 무의식의 비밀 및 그것에 뒤따르는 정서에도 적용 된다.'고 했다. 이처럼 아무리 괜찮은 척해도 다 숨길 수가 없는 부분이 있는 것이다. 베트남 출신의 사상가이자 평화운동가인 플럼빌리지 명상공동체를 이끌고 있는 틱낫한Thich Nhat Hanh 이 뉴욕에 갔을 때의 일이다. 택시를 타게 되었는데 '그 택시기사는 전혀 행복해 보이지 않았다. 지금 이 순간에 있는 것 같지도 않았다. 평화도 기쁨도 없었다. 운전을 하는 동안 살아있지도 않았고 그런 모든 것이 운전하는 방식에 그대로 드러나 있는 것을 느꼈다.'고 고백했다.

사회생활에서는 간간히 의도적으로 괜찮은 척을 해야 할 때도 있다. 그러나 그것은 전략적으로 그렇게 하는 것이기 때문에 만성적으로 괜찮은 척하며 사는 것과는 다르다. 전에 알고 지내던 쾌활한 M씨는 어려서 어머니가 집을 나가셔서 소녀가장이었다고 한다. 낮에는 공장에서 일하고 밤에는 공부하면서 어린 동생들을 돌보며 지냈다. 그런데 후에 다시 돌아온 어머니가 돈을 요구하며 돌아온 어머니 때문에 또 힘든 상황이 되었다. 그럼에도 불구하고 항상 밝게 살아왔다. 그 분은 '자기의 처지를 생각하면 모든 것이 힘들기 때문에 밝은 척 해야만 살 수 있었다.'고 고백했다. 하지만 그 분을 보면 항상 밝지만 어딘지 모르게 어수선하고 조급하고 불안정한 느낌이 있었다. 이렇듯 어딘지 모르게 속일 수 없는 부분이 있는 것이다.

자존감, 자신감, 괜찮은 척, 부끄러움, 창피함 이런 감정들은 타인 의식의 관계에서 발생되는 것들이다. 사람은 태어나면서부터 관계에서 시작하고, 관계 속에서 살고, 관계에서 죽음으로 떨어져 나가게 된다. 그렇기 때문에 관계에서 의미를 찾고자 한다. 부모와의 관계에서 나의 궁극적 의미로부터 시작해서 형제자매사이에서 그리고 학교 공동체, 사회공동체와 그 외의 소속된 공동체에서 존재의 의미를 찾고자 한다. 그로 인해 포기할 수 없는 마음의 인정욕구, 사랑받고 싶은 욕구, 가치감을 느끼고 싶은 욕구들이 있다. 이 욕구들을 적정하게 잘 관리할 수 있는 에너지와 자기답게 살 수 있는 동력은, 기본적으로 어린 시절 부모와의 관계에서 충분한 지원과 격려 그리고 사랑을 받아 애착형성이 잘 되었을 때 가질 수 있다. 이런 부분의 형성이 덜 되었거나 부족했다면 이런 저런 걱정과 염려로 부정정적인 정서와 감정이 마음속에서 완전히 정리되어 있지 않게 된다. 괜찮은 척을 하지만 진정 마음속 깊은 곳에서는 우울하거나 낙심감이 있거나 외로움을 느끼기 쉬운 것이다. 따라서 나를 알기 위해서는 내 마음속에 있는 것들을 자세히 성찰해 볼 필요가 있다. 마음의 갈등을 성찰하면 성숙이 된다. 따라서 지금 자기의 삶이 부끄러울 것이 하나도 없다는 것을 알기를 바란다. 혹시 자신에게 괜찮은 척을 하게 되는 부분이 있는지 마음의 밑바닥에 있는 것들을 캐 보면 좋겠다.

나는 내 안의 있는 것들을 캐 낼 때 얼마나 많이 겹겹이 싸여 있는지를 알고는 그것이 끝이 없는 것 같아 놀랐다. 처음에는 내가 다른 사람들을 잘 공감하는 사람이라고 생각했다. 그래서 나보다 조금이라도 더 힘들어 보인다고 생각하면 그 사람을 정성껏 위로하고 격려했다. 그러나 그것은 그렇게 함으로써 내가 상대방보다 우위에 있는 사람이라는 것으로 나를 드러내고 상대방을 통제하고 싶어 했다는 것을 깨달았다. 또한 동시에 다른 사람에 대한 연민은 곧 나 자신에 대한 연민에서 나온 것임을 알게 되었다. 그 연민을 통해 나도 다른 사람들로부터 동정받고 싶은 욕구가 있었다는 것도 깨달았다. 그래서 있는 그대로의 나를 인정하고 받아들이게 되었고 그런 마음들을 내려놓게 되었다. 그랬을 때 나의 정서는 좀더 자유함이 생겼고 스스로에 대한 자긍심도 생겼다.

괜찮은 척은 자기 스스로를 힘들게 하는 일이다. 자기 스스로에 대한 깊은 이해와 함께 괜찮은 척하지 않아도 될 편안함이 생기도록 자신을 좀 더 깊게 성찰해 볼 수 있는 시간을 가져보면 좋겠다. 내려놓을 것은 내려놓고 할 수 없는 것은 그대로 인정하면 새로운 삶을 살 수 있는 용기와 여유도 생기게 된다. 나답게 있는 모습 그대로 당당한 삶이 살아지도록 더 이상 괜찮은 척하지 말고 편안해진 자기와 마주해 보면 좋겠다.

02

열등감에 끌려 다니지 마라

열등감은 사전적 의미로 자기를 남보다 못하거나 무가치한 인간으로 낮추어 평가하는 감정이라고 설명되어 있다. 못할 열劣에 무리 등等자이다. 열등감은 다른 사람들과 나 자신을 비교하는 데서 오는 감정이다. 이것 역시 만성적으로 자신의 발목을 잡는 부정적 감정에 속한다. 낮은 자존감은 열등감의 문제이기도 하다. 비교 우위 선점의 욕구로 인한 폐해이다.

인간은 사회적 동물이다. 사회를 이루며 살기 때문에 자기 무리 안에서 끊임없이 도전받고 평가받고 서로를 의식하며 거기에서 상처받고 성장한다. 비교가 없으면 열등감도 없다. 비교할 수 있는 모든 것은 열등감을 가져올 수 있는 요소이다. 학벌 열등감, 외모 열등감, 경제적 능력에 대한 열등감, 다니는 직장에 대한 열등감, 건강에 대한 열등감 등 모든 것이 열등감의 요소가 될 수 있다.

우울증은 열등감의 또 다른 이름이 될 수 있다. 비교 의식만 거두어 낼 수 있다면 우울증이나 낮은 자존감의 대부분을 수리할 수 있다. 또 열등감은 자기 자신의 문제이기도 하지만 사회적 문제이기도 하다. 열등감은 목표지향적이되고 원하는 바를 성취할 수 있도록 하는 긍정적인 역할도 한다. 그러나 있는 그대로의 자신의 모습에 대한 신뢰와 믿음이 없이는 지속적인 타인과의 비교 관계에서 자신을 저평가하기 쉽고 열등감에서 자유로울 수 없을 것이다.

나는 가족들로부터 바보라는 말을 많이 들으면서 자랐다. 지금 내 기억엔 없지만 어렸을 때 나를 큰집에 한 달 여간 맡겼었다고 한다. 큰집의 큰어머니는 지금 생각해 보아도 어린아이를 살갑게 돌봐 주실 수 있는 분은 아니셨다. 말을 할 때 목소리가 바이브레이션이 있는 들뜬 큰 목소리였고, 그 말하는 방식은 급했으며, 곧 덤벼들어 한 대 때릴 것 같은 느낌을 주었다. 안아 주시거나 다독임 같은 것은 안하시는 분이셨다. 이것은 커서 그분을 볼 때 마다 느꼈던 부분인데 어린 나에게는 무척 겁이 나게 하는 존재였을 것 같다. 한 달 후에 나를 데려왔는데 내가 말도 없어지고, 행동도 느려지고, 슬프거나 좋은 감정도 없는 바보 같은 상태로 변했다는 것이다. 예전에는 지금같이 육아의 정보도 없고 그런 걸 논하기 보다는 먹고 사는 것이 더 큰 관건이었기 때문에, 그렇게 변해버린 나를 회복시키기 보다는 입버릇처럼 '그때 바보 됐다. 그때 바보 됐다.'를 내가 거의 다 성장할 때까지 읊어댔다. 고등학교를 졸업하고 어느 날 나는 뭔가 허전함을 느꼈다. '왜 그러지?'하는 마음이 들었다. 가만히 생각해보니 언젠가부터 '그때 바보 됐다.' 라는 말이 그제야 겨우 끊어졌던 것이다. 그런 말을 반복적으로 들으면서 나는 정말 자존감이 바보 자존감이 되었던 것 같다.

나의 자존감이 낮아졌을 만한 이유는 또 있다. 우리 집은 이사를 자주 다녔다. 시골에서 초등학교 1학년을 다니다가 서울 종로로 이사를 왔다. 당시에 종로의 청운 초등학교로 전학을 해 학교를 잠깐 다니다가 얼마 못 가서 구로구로 또 이사를 했다. 구로구에 와서 3년간 학교를 가지 못했다. 나는 어렸기 때문에 왜 못 다녔는지 당시에는 알지 못했다. 당시에 새마을 학교라는 비인가 학교를 다니다가 구로구에 다른 동으로 또 이사를 해서 학교를 다니지 못하고 있었던 상황이었다.

어머니는 학교를 전혀 다니시지 못한 분이셨지만 아이들을 학교 보내야 한다는 생각만큼은 철통 같으셨다. 나를 지금의 고척동의 한 초등학교로 데리고 가서 교장 선생님에게 찾아가 무작정 우리 아이를 학교 다니게 해달라고 사정하기를 여러 번 반복했다. 우연히 좋은 선생님을 만나 조언을 듣고 당시 내가 처음 다녔었던 시골 초등학교의 선생님이신 삼촌의 도움을 받아 초등학교를 3학년부터 다시 다니게 되었다. 그때 내 나이는 10살이 아닌 12살이었다. 나는 고등학교를 졸업할 때까지 나보다 두 세 살이 어린 아이들과 함께 학교생활을 해야 했기 때문에 자존심이 상하기도 했고 여러모로 불편한 학교생활을 했다.

이 외에도 외모 열등감과 왜소한 신체 열등감, 그리고 학교에 대한 열등감도 있었다. 나는 고등학교를 들어갈 때 정말 원하지 않았던 상고를 다녀야만 했는데, 사실은 집안 사정상 그나마도 감사해야 할 상황이었기 때문에 감히 '상고는 다니기 싫다.'라는 말은 하지도 못했다. 때문에 평생을 그것에 대해서 그 어떤 말도 못하고 살다가 나이 오십이 넘어서 처음으로 '나는 상고에 가고 싶지 않았었다.'는 이야기를 하면서 울먹여지는 것을 보고 나도 놀랐다. 이 정도로 나는 내 표현을 잘 못했고, 자존감이 낮아서 열등감으로 똘똘 뭉쳐진 삶이었던 것 같다.

이런 내가 열등감을 벗어내고 바닥인 자존감이 수리될 수 있을까? 나는 이런 나를 해석해 내기 위해서 오랫동안 공을 들였다. 돈 벌고, 부자가 되고, 행복해지고, 좋은 것들을 소유하는 것보다는 내가 누구인지와 내 존재의 가치가 무엇인지, 어떻게, 왜 살아야 하는지를 해석하기 위해서 정말 많이 고뇌했다.

의학박사이면서 국제정신분석가인 이무석 저자의 ≪나를 사랑하게 하는 자존감≫이라는 책에는 저자의 대머리 열등감에 대한 내용이 소개되어 있다. 그는 젊어서부터 대머리였다. 벗어진 이마가 마음에 들지 않았고 그것이 부끄러워 옆머리를 길러서 이마를 덮었다. 조심스럽게 덮어 놓은 머리가 바람에 날려 혹여나 훤한 이마가 보일까 하는 걱정에 손으로 머리를 누르며 20여 년을 살았다. 어느 날 환자들에게 현실을 부정하거나 회피하지 말라며 조언을 하는데, 정작 자신은 자기가 벗어진 이마라는 현실을 인정하고 있지 않다는 걸 깨닫고 수치감을 느꼈다. 그래서 화장실에 가서 이마를 드러내 보았으나 그 모습에 깜짝 놀라 다시 덮고 현실 인정은 실패로 끝나 버렸다. 그 뒤로 몇 년이 지난 후 약을 발라 머리가 나는 것 같았다가 다시 모조리 빠져버리는 허무한 일을 겪고 나서야 겨우 결심하고 그제서야 대머리를 노출하고 살게 되었다고 한다.

이렇게 열등감을 벗어버리는데 오랜 시간과 과정을 겪은 것처럼 나도 모든 하나하나의 열등감을 벗어버리는데 긴 시간의 고뇌와 공이 들어갔다. 저자 이무석은 그 책에서 열등감은 관점의 문제라고 말했는데 관점을 바꾸는 것이 그리 쉽지만은 않다. 도리어 열등감을 우월감으로 위장하기도 하고, 또 열등감이 자기의 삶을 통제하고 끌고 가면 내가 나의 주인이 아니라 열등감이 나의 주인이 되기도 한다. 우월감으로 보상하려고 할 때는 타인에게 상처를 주게 되고 그렇지 않은 경우에는 자기 자신에게 상처를 주게 된다.

딸의 친구 중에 매우 공부를 잘하는 친구가 있는데 그 친구가 자주 하는 말이 있다고 한다. '인정하면 편해.'라는 말이다. 나는 그 말을 들으면서 놀랐다. 그 친구가 정말 그 나이에 그런 말을 자주 하는 걸 보면 틀림없이 내공이 있는 아이라는 생각이 들었다. 인정하면 편하다. 우리는 모두 비교 우위에서 특별해야 하는 것은 아니다. 나의 모든 여건과 환경을 나만의 최상의 정원이 되도록 만들어 간다면 열등감이 나를 성장시키는 약이 될 수도 있다.

심리학의 출발이자 대가인 지그문트 프로이드Sigmund Freud의 제자였던 알프레드 아들러Alfred Adler는 '인간은 경주하지 않는다. 각자의 길을 가는 것이다.'라고 했다. 내가 가야 할 나의 길을 가자. 누가 나의 열등감을 건드릴 때에도 잠깐 기분 나쁠 수는 있지만 끌려가지는 말아라. 날아가는 새가 똥을 싸서 내 머리에 떨어지는 것은 내 책임이 아니다. 그러나 털어버리지 않고 냄새나게 그대로 두거나 새가 내 머리에 둥지를 틀게 두는 것은 내 책임이다. 나는 열등감을 해석해 내는 인생의 과정을 겪으면서 성장했다. 나는 당신이 열등감에 끌려가는 것이 아니라 자신이 가지고 있는 조건 안에서 성장함으로써 더 멋진 자신이 되어 가기를 바란다.

03

과거와 이별하면
현재가 보인다

시인이자 사상가, 평화운동가인 틱낫한은 그의 ≪화≫라는 책에서 프랑스 보르도에 있는 명상수련센터 플럼빌리지에서 수련하던 12살짜리 소년에 대해서 썼다. 소년은 실수를 할 때마다 아버지로부터 '이 바보 같은 놈! 넌 어떻게 하는 짓이 늘 그 모양이지?'라는 식의 추궁과 비난을 받았다. 이것 때문에 화가 난 소년은 '나는 결혼해서 자식을 갖게 되더라도 절대로 그렇게 행동하지 않을 것'이라고 다짐했다. 그러던 어느 날이었다. 여동생이 다른 아이들과 놀다가 그물 침대에서 떨어지는 바람에 돌멩이에 머리를 부딪치고 말았다. 얼굴에서는 피가 났고 그것을 본 소년은 당장 여동생에게 '바보 같은 계집애! 넌 어떻게 하는 짓이 늘 그 모양이지?'라고 소리를 지를 뻔했다. 순간 그것이 자기가 아버지에게서 물려받은 습관이라는 것을 깨달았다. 그리고 자기 자식에게도 이렇게 하지 않기 위해서는 지금 이런 화가 자기에게 영향을 미치고 있다는 것을 인정하고 그 습관을 끊어야겠다고 생각했다. 그리고 소년은 아버지도 화에 전염된 한 희생자일 뿐이라는 생각을 하게 되었다. 그러자 아버지로부터 상처 받았던 마음이 사라지고 아버지를 이해하게 되었다.

상처는 과거이다. 그럼에도 불구하고 상처는 오늘 나의 삶에 계속 영향을 미치고 있다. 나는 지금도 우리 어머니가 하신 말버릇이 나오곤 한다. 우리 어머니는 전라도 분이신데, 그곳에서 사용하는 특유의 해학적인 험악한 욕이 있다. 나는 어렸을 때부터 서울에서 자랐고 교회 전도사로 있으면서 스스로를 교양과 양식이 있는 사람이라 생각하며 그런 모습을 갖추려고 노력하며 살았다. 하지만 나이 늦도록 정복되지 않은 어머니 욕설의 과거는 아직도 내 삶에 역사하고 있다. 딸아이가 예민하게 굴고 나의 말 한마디 한마디에 짜증 섞인 반응과 교양 없는 말버릇이 나올 때마다 화를 꾹 눌러 놓았었는데 요즘 좀 관계가 편해지면서 다시 불현듯 어머니의 욕이 나올뻔할 때가 있다. 이런 일련의 사건뿐 만이 아니라 인생을 대하는 태도 표정 몸짓 까지도 과거로부터 영향받은 것들이 대부분이다. 부모님이 부정적이셨던 분이라면 아마 당신도 그런 부정적인 성격을 물려받았을 가능성이 높다. 또한 낮은 자존감은 상처받은 환경에 절대적으로 영향을 받고 있다.

그러므로 과거에 받았던 상처와는 이별해야 한다. 어떻게 이별하는가? 소년처럼 과거를 재해석할 필요가 있다. 재해석은 그 사건으로 되돌아가 봄으로써 가능하다. 지금까지 살아온 나의 삶은 되돌릴 수 없다. 반품은 되지 않는다. 그렇기 때문에 그 부분이 치유되도록 구체적인 작업이 필요하다. 자존감은 선천적인 부분과 후천적인 부분이 있다. 정신분석의 창시자 지그문트 프로이드Sigmund Freud는 상처의 원인을 무의식에 두었다. 물려받은 것이고 본능적인 것에 가깝다. 하지만 그의 제자였다가 독립한 알프레드 아들러Alfred Adler는 환경적인 부분에 더 원인을 두었다. 사건에 어떻게 반응하는가를 마음속의 자신이 바라는 욕구에 두었다. 예를 들면 자기를 비난한 아버지에 대한 화는 '내가 옳다.'라는 생각의 반영인 것이다. 나는 아들러를 좋아한다. 아들러의 심리학 관련 서적을 읽으면서 나의 상처를 많은 부분 재해석했다. 과거에 상처받았던 나와 지금의 나를 분리해야 한다.

자존감이 낮아도 좋은 방향으로 얼마든지 승화시킬 수 있다. 하지만 그것은 어느 정도 마음이 힘의 여지가 있을 때 할 수 있는 일이라고 생각한다. 자존감이 낮은 것도 수준이 있다. 그래서 '자존감이 바닥이다.'라는 말이 있다. 자존감이 바닥인 사람은 승화로 나아가기 힘들다. 도리어 더 처박히는 경우와 우울증, 공황장애, 틱장애 등 심각한 정신병증도 일으킬 수 있다. 자존감이 바닥이면 대부분은 어둡고 부정적이며 자기 확신이 없고 되는 일이 없는 상황이 반복된다. 그런 상황은 심각한 상황이다. 나는 나의 책이 그런 분들에게 도움이 되었으면 좋겠다. 왜냐하면 전에 내가 그랬기 때문이고 지금은 오랜 시간을 거쳐 치유의 거의 모든 것이 읽혀졌다. 그래서 나는 이런 사람들을 보면 말 안 해도 왜 그러는지 알 수 있을 것 같다. 플럼빌리지의 소년도 자기의 고통을 통찰하면서 아버지를 이해하게 되었는데 그것은 아버지의 악의 측면이 아니라 아버지의 고통의 측면이었다는 것을 깨달았던 것이다. 그래서 자기와 같은 깨달음에 동참하기를 원했던 것처럼 나도 자존감이 바닥인 그리고 삶이 바닥인 사람들을 돕고자 하는 마음이 절로 생긴 것이다.

•

나는 자기계발서에 관심이 없었다. 읽어도 무슨 얘기인지 몰랐고 들어도 무슨 얘기인지 하나도 들리지 않았다. 다 쓸데없는 이야기라고 생각되었다. 내가 자존감에 대한 책을 쓰고 싶다고 이야기 하는 것을 듣고 나의 지인이 '나는 그런 책 싫어해! 그런다고 뭐가 돼?'라고 말했다. 나는 그 말을 충분히 이해한다. 나는 모태신앙으로 엄마 뱃속에서부터 교회를 다녔고, 아버지가 목회하시던 교회의 사택에서 산적도 있으며, 내가 신학을 하고 전도사로서 가르치고 설교를 한 적도 있었다. 하지만 그저 감정상의 깨달음 같았던 말씀들이 어느 날 나를 전인적으로 바꿔놓는 경험들을 하고 나서는 들리는 것이 달라졌다. 못 알아듣던 것들 혹은 겉으로만 알아듣던 말들을 속으로 알아듣게 되었다. 그리고 그것들은 나의 삶을 변화시켰다. 나는 자존감에 대해서도 똑같다고 생각한다. 자기계발서의 말들이 겉으로만 들렸고 하나도 마음에는 와 닿지 않았지만 지금은 다 들리고 속으로까지 받아들여진다. 그것은 내가 성장했기 때문이다. 나는 특히 자신의 자존감이 정말 바닥이라고 느껴지는 사람들이 성장하고 자존감이 회복되기를 바란다. 나는 이런 부분에서 내가 체득한 것으로 다른 사람들을 돕도록 연습이 되었다고 생각한다.

자존감이 바닥인 사람이 자기의 과거를 보면 상처만 보일 수 있다. 과거를 생각할 때 상처만 보이는 사람은 현재에서도 상처만 있다. 두렵고, 부끄럽고, 화나고, 낙심되고, 슬프다. 불면증이 오고 소화장애나 스트레스로 인한 무기력과 자율신경계가 원활하지 못해 만성피로로 몸이 약하고 사소한 질병치레를 한다. 현재를 살지 못한다. 사건은 과거에 있었다. 지금은 그 사람도 없고 그 환경도 아니다. 하지만 정신적으로는 계속 그 사람과 그 사건 속에서 살고 있는 것이다. 그래서 지금 현재가 보이지 않는 것이다.

아들은 내가 다른 엄마들과는 다르다고 말했었다. 나는 '무슨 뚱딴지 같은 소리냐'하며 받아들이지 않았었다. 그러다가 매일 나의 삶에 대해서 기도하고 묵상하고 묵상한 것을 이야기하면서 자식이 남 같은 나의 이상한 감정에 대해서 조금씩 알기 시작했다. 딸의 귀여움과 사랑스러움이 안 보였다. 표정은 항상 굳어 있었다. 매달리고 엄마의 사랑을 요구하는 아이의 행동에 눈치 없이 '엄마 피곤한 거 안 보이냐!'고 아이를 호되게 야단쳤던 나였다. 딸아이는 어려서부터 대략 초등학교 3학년 때까지 내 몸에서 거의 10cm를 떨어지지 않았다고 생각될 정도로 나에게 집착했다. 나는 아이 때문에 힘들어서 골머리를 앓았다. 나는 남편과 산 것이 아니라 딸과 살았다고 할 정도로 딸을 하루도 안 빠지고 끼고 잔 것이 거의 중학생 때까지였다. 과거의 상처에 묶여 있던 나는 현재가 안 보였기 때문에 딸을 엄마에게 병적으로 집착하고 분리불안에 시달리는 아이로 키웠다. 내가 조금씩 좋아질 무렵 초등학교 5학년인 딸이 나에게 '엄마 요즘은 자식에 대한 느낌이 좀 어때?'라고 물을 정도로 나의 상태는 심각했었다. 나는 불면증에 소화장애가 있었고 고성공포로 사소한 주변의 소리에도 온몸이 오그라들었으며 돈 걱정과 환경에 대한 염려로 강박이 심한 상태였다. 특히 외출 시에는 가스 불 때문에 갑자기 하늘이 무너질 듯 가슴이 철렁 내려앉으며 불길한 감정에 휩싸였고, 그럴 때면 온몸에 힘이 빠지면서 가슴이 몹시 두근거렸다. 작게 든 크게 든 과거의 상처에 사로잡혀 있으면 현재를 살 수 없다. 현재를 살지 못하면 감사도, 즐거움도, 행복도 없다.

내 상처로부터 건져지지 못하면 내가 불행하고 가족도 불행하게 된다. 나는 지금 과거의 나와 현재의 나를 분리했다. 현재가 보인다. 아이에 대한 사랑스러움, 남편에 대한 믿음, 기대, 삶의 희망이 보이게 되었다. 이것은 정말 큰 의미가 있다. 정신적인 환경에서부터 경제적인 환경, 더 나아가서 사회적 공헌으로까지 이어지는 의미이다. 과거와 이별하고 현재를 살라.

04

상처가 뚫지 못하는 방탄조끼를 입어라

총탄이 빗발치는 전쟁터에서 가장 두려운 것은 총알에 맞아 죽는 것일 것이다. 놀라운 것은 세계 최초로 방탄조끼가 만들어진 것은 우리나라 병인양요 이후 흥선대원군 때이며 신미양요 때 사용되었다고 한다. 상처가 빗발치는 전쟁터 같은 삶의 현장에서 상처가 뚫지 못하는 방탄조끼를 우리 마음에 입는다면 어떨까? 상처는 일상에서 항상 발생할 수 있는데 다 나를 뚫어버린다면 정말 제대로 살 수 있을까? 어떤 상처가 날아와서 나를 맞추더라도 나 스스로 죽지 않도록 뚫리지 않게 나를 지키고 보호해야 할 사람은 바로 나 자신뿐이다. 전쟁터에서도 두려움 없이 살아낼 수 있다는 자신에 대한 신뢰가 꼭 필요하다.

어떤 사람들은 매우 이기적이고 예의 없고 무례하다. 자기에게는 관대하면서 남들에게는 무자비하기까지 한 사람들도 있다. 그러나 그런 특별한 경우가 아니더라도 아주 사소한 일도 누군가에게는 상처가 될 소지가 있다. 그래서 상처를 잘 받는 사람에게는 상처받을 일이 널렸다. 툭 하고 던진 말 한마디, 왠지 나를 무시하는 것 같은 느낌을 주는 사람, 내 말에 거역하는 태도를 보이는 학생이나 팀원 등 언제 어디서나 스치고 지나가는 상처의 총알들이 난무하는 세상이다. 그러나 또 묘하게도 그들 사이에서 인정받고 싶어서 그 관계를 아주 포기하거나 버리지 못한다. 이런 유형은 대개는 마음이 약하고 타인의 결정에 의존적이며 거절을 못하고 자기표현에 약하다.

상처는 유전된다. 의학박사이자 세계적인 여성건강전문가인 크리스티안 노스럽Christian Northrop은 그의 저서 ≪그 사람은 왜 나를 아프게 할까≫에서 '트라우마는 조부모에서 부모를 거쳐 그 자녀에게로 유전된다. 트라우마가 발생하면 세포 내에서 화학변화가 일어난다. 이 화학변화가 DNA에 새겨져 세포가 기능하는 방식을 바꾼다.'라고 말했다. 또한 가족포치연구소 소장 마크 월린Mark Wolynn은 트라우마로 인한 DNA 변화는 인간이 최초 트라우마에 대처할 수 있도록 대비함으로써 자기 자신과 자녀를 보호하려는 의도에서 비롯됐다고 설명했다. 트라우마의 유전적인 부분은 우리의 무의식적인 과민반응적 삶의 대응 방식에서 나타난다.

우리는 한 가족들끼리는 특징적인 태도, 행동, 성품, 두려움이나 불안, 신체 증상 등의 닮은꼴이 있다는 것을 느껴본 적이 있을 것이다. 게다가 출생 후 성장과정에서 받은 작은 상처 혹은 큰 상처가 해결되지 않고 의식과 무의식에 그대로 남아 있을 경우에 더욱 상처를 잘 받는 무방비 상태의 공격 대상이 될 수 있다는 것은 자명한 일일 것이다.

성경에 나오는 이야기이다. 고대 이스라엘은 솔로몬의 아들 르호보암 때에 남 유다와 북 이스라엘로 나뉘게 된다. 북 이스라엘은 기원전 722년에 앗수르에게 망하게 되고 남 유다는 바벨론에게 기원전 586년에 망하게 된다. 바벨론은 다시 메데 파사에 의해 멸망하게 되는데 느헤미야는 바로 이 메데 파사에서 예루살렘 총독으로 임명을 받은 사람이다. 느헤미야는 자국의 무너졌던 예루살렘 성곽을 재건하게 된다. 나는 성곽을 재건하는 이 사건을 상처로 무너진 내 마음의 성곽을 재건해야겠다는 것으로 해석했다. 성곽은 마음의 경계이다. 마음의 성곽이 무너져 있다는 것은 아무나 와서 나를 침해하도록 열려있는 것이다. 마음의 성곽이 무너져 있으면 누구나 와서 나에게 상처를 줄 수 있고 상처를 줄 의도가 상대방에게 없다 할지라도 나 스스로 상처를 받고 무너지게 된다. 내 마음의 경계의 성곽을 세움으로 누구든 함부로 나를 침해하지 못하도록 방비해야 한다. 무너진 내 마음의 성곽을 재건하자. 나는 본질적으로 소중하며 존귀한 존재이니까. 나는 존중받아야 한다. 나도 나를 존중해야 한다.

상처는 아프기 때문에 떠올리기 싫고 회피하고 싶어 한다. 그러나 사실을 직면하지 않고 회피하고 살아온 많은 시간들 때문에 아직도 해결되지 않은 상처의 문제를 그대로 가지고 있게 된 것이다. 성곽 재건에는 먼저 내 마음의 성곽이 왜 이렇게 무너졌는지를 이해하는 것이 중요하다. 가능하면 구체적으로 상처받은 묵은 이야기를 꺼내보아야 한다. 그리고 살펴보아야 한다. 그리고 그 일에 있어서 객관적이 되어야 한다. 나에게 누군가 잘못했을 수도 있다. 그 누군가가 부모가 될 수도 있고 친구들이 될 수도 있다. 또 다른 가까운 사람이 될 수도 있다. 오래전부터 반복된 잘못된 환경에서 기인된 것일 수도 있고 특별한 트라우마를 겪고 난 후 발생된 것으로 생각될 수도 있다. 그리고 거기에서 그 상대와 환경이 왜 만들어졌는지, 피할 수는 없었는지, 피할 수 없었다면 나의 반응 방식은 무엇이었는지 생각해 보면 좋겠다.

또 내가 그때 느꼈던 감정은 무엇이었는지, 내가 오해하고 있는 부분은 없었는지, 내가 원하는 것은 무엇이었는지 이와 같은 것들을 생각하며 내 인생의 이야기를 꺼내어 이해하는 과정이 내 마음의 성곽을 다시 쌓는 과정에 있어서 중요한 부분이다. 이 과정을 거치는 것은 매우 아프다. 아프지만 하고 나면 반드시 거기에는 나에게 상처 준 사람과 환경을 객관적으로 볼 수 있는 힘이 생기고 그것을 이해하면 치유가 시작된다. 그러면 나는 존귀한 존재이고 성장의 일로에서 예상보다 훨씬 더 잘 될 수 있는 사람이며 사랑받을만한 가치 있는 사람인 것을 깨닫게 된다. 아직 연약하고 자주 실수할지라도 나의 가치는 전혀 달라지지 않는다는 것도 깨닫는다. 이렇게 깨닫는 것이 상처가 뚫지 못하는 방탄조끼를 입는 일이고 무너진 마음의 성곽이 재건되는 일이다.

우리는 끊임없이 서로에게 상처를 주고 또 받으며 살아간다. 그래서 상처받는 일이 다시없을 수는 없다. 하지만 이제는 상처가 나를 향해 날아올 때 그 상처를 당당히 튕겨낼 수 있어야 한다. 다른 사람이 나를 무시했다는 느낌이 있을 때도, 나에게 함부로 한 말이라고 생각이 될 때도, 내가 인정받지 못했다고 생각될 때도 있을 것이다. 혹은 어떤 성과를 내지 못해서 부끄럽다거나 창피하게 여겨져서 주눅이 들 때도 있을 것이다. 그 어떤 모습이던 '이제는 더 이상 상처가 나를 넘어뜨리지 못하게 할 거야.'라는 마음으로 자신에 대한 믿음을 놓지 않아야 한다.

나는 내가 상처받은 영혼이라는 것을 인정하는 것이 결코 쉽지 않았었다. 인정하기 전까지는 내가 상처받은 이야기를 50년 내 인생 전반에 걸쳐 입 밖에 꺼내지 못했다. 사실 말하고 보니 별것이 아니었다. 하지만 그 상처로 인해 나는 망한 이스라엘처럼 오랜 세월 피폐해져 있었고 조각난 마음의 파편들은 성곽 안 여기저기에 널브러진 채 방치되어 있었다. 나는 나 자신을 미워하며 강박과 고성공포와 소화장애와 같은 증상에 시달렸고 만성적인 우울증도 있었다. 자살을 시도하여 삼 일 만에 병원에서 깨어나기도 했고 오랫동안 그 충동이 지속되는 상황 속에서 차츰 내 마음의 성곽을 재건하는 과정을 거쳤다.

이런 정신적 고통 속에서 내가 깨달은 것이 너무 많고 치유되는 과정 속에서 나의 이해력은 더 넓고 깊게 변해갔다. 그리고 하루하루가 달라지는 삶의 기쁨과 감사가 있다. 누가 뭐래도 송두리째 흔들리지 않는, 상처받지 않는 자존감은 내 자존 자체에 대한 믿음과 신뢰이다.

이런 내가 느끼는 것은 쉽게 상처받는 사람들에 대한 긍휼과 이해이다. 상처가 치유되었을 때 그 사람의 변화와 가능성은 정말 놀랍다. 나는 이런 변화의 길을 걷고 있는 사람들을 자주 본다. 그들의 재능과 역량이 활동하기 시작하고 자기 주도적인 삶을 살아가기 시작한다. 그들은 점차 상처가 뚫지 못하는 방탄조끼를 입기 시작했다. 그리고 상처를 다룰 줄 알게 되었고 상처가 그들을 뚫지 못하게 되었다.

05

감정에는
좋고 나쁜 것이 없다

감정은 어떻게 생겨나는가? 자존감이 수리되기 위해서 현재 가지고 있는 나의 감정이 어떻게 발생되었는지 생각해 보자. 그 감정이 왜 나의 인생을 주도하게 되었는지도 생각해보자. 그리고 내가 감정의 주인인지 감정의 노예인지 한번 생각해 보았으면 좋겠다. 감정은 몸으로 느끼지만 뇌에서 시작된다. 뇌는 주위 상황을 이해하고 평가하여 그에 필요한 감정 반응을 일으킨다. 감정은 마음으로 느끼는 감성으로 자존감이 낮은 이들에게서 자존적 긍정의 힘을 빼앗고 그 삶의 질을 현저히 떨어뜨릴 수 있다. 감정에 대해서 알아야 할 것은 먼저 감정의 주인이 바로 나 자신이라는 사실이다.

나는 나의 감정이 나라고 생각했었다. 따라서 나의 슬픔, 우울함, 부끄러움, 수치심과 죄책감 등 부정적인 감정을 없애라고 가르치는 모든 충고를 거절하고, 긍정적인 자아상으로 나아가게 만드는 모든 설교와 강의와 책의 내용에 거부반응을 보였다. 하지만 또 한편으로는 내가 보기에 이 세상 다른 모든 사람들은 나와는 달랐다. 적어도 그때의 내가 보기에는 그랬다. 모두 밝고 의욕이 있고 명랑했다. 나는 왜 다른 사람들과 같지 않은가를 고민했다. 나는 아무것에도 관심이 없었고 흥미도 없었다. 그런 상황에서는 밝은 미래를 기대할 수도 없었다. 게을렀고, 사소한 일들도 늘 미루면서 결국 해내지 못했고, 늘 실패의 연속이었다. 나는 엄마를 닮아서 호기심이 많았는데 수박 겉핥기식으로 좀 하다가는 이내 흥미를 잃고 끝까지 성과를 내지 못하고 접어버리기가 일쑤였다. 아직도 내 책꽂이에는 20년 넘게 자리를 지키고 있는 끝내지 못한 영어책들이 있다. 원래의 꿈은 간호사였는데 시도조차 해보지 못했고, 공무원 시험공부를 해보기도 했었고, 유학을 떠났었지만 5개월 만에 포기하고 돌아온 적도 있다. 여러 좋은 기회들이 있었지만 늘 뒤로 물러섰다.

나는 감정의 지배를 받으며 감정의 노예로 살면서도 그것을 깨닫지 못했다. 하지만 지속되는 실패의 반복과 희망 없는 삶이 점점 힘들어지자 이런 나를 해결하고 싶은 마음이 너무도 간절해졌다. 그러나 동시에 나의 부정적인 감정들을 나와 동일시하면서 그 감정에 집착하고 오로지

'나를 알아주지 않는 이 더러운 세상'이라며 한탄하며 그런 인생으로 끝까지 살 것 같아 불안하기도 했다. 나는 나에게 이렇게 하시는 분은 하나님이라고 생각했다. 인정머리 없는 하나님이라며 하나님께 책임을 전가하며 믿음도 없으면서 혼자 산기도를 많이 다녔었다. 그리고 교회의 장의자에서 자면서 밤샘기도를 하기도 했고 기도원에서 철야기도를 하는 날들도 무수히 많았다. 그러던 어느 날 기도하는 나와 그것을 보는 내가 있다는 것을 깨닫게 되면서 긍정적인 모습을 나 자신에게 보여주기 위하여 감정의 노예에서 점차 감정을 주도하는 나의 모습으로 바뀌어가게 된 것이다.

사실 감정은 인간을 풍요하고 아름답고 행복하게 한다. 그리고 강하고 멋있고 꿈을 펼쳐가게도 한다. 하지만 '감정은 자기 마음대로 안 된다.'고 생각하며 핑계대거나 부정적 감정을 합리화하고 도리어 감정의 지배를 받고 살아가기를 자처하는 사람들도 많다.

우주는 질서이다. 이 세상이 창조되기 전에는 땅과 물과 공간과 어두움이 뒤섞인 혼돈의 상태였다. 이런 우주에서 빛이 창조되고 어두움과 빛이 나뉘면서 질서를 만들어 냈다. 하늘과 땅, 바다, 그리고 하늘에는 새들이 바다에는 물고기가 육지에는 식물과 동물로 채워졌다. 질서가 잡혔고 실로 아름다웠다. 사람의 마음도 마찬가지다. 마음이 어둡고 혼란스러우면 온갖 부정적인 생각들과 마음들이 뒤엉키면서 삶에 질서를 잃게 되고 점차 그 육체 마저도 쇠약해 질 수 있다.

감정에는 좋고 나쁜 것이 없다. 감정은 원시시대에 위험에서 생존하기 위한 뇌의 자기보존 시스템이라고 한다. 하지만 지금은 커다란 동물에게 습격을 당하는 것과 같은 극단적인 생명의 위협에서는 안전하다. 그러나 인간관계에서 타인에게 조종당하지 않는다거나 또 방어할 수 있도록 자기방어의 길을 모색해 주며 자기성장과 행복의 길을 만들어 주는 것이기도 하다. 그리고 감정은 또 다른 언어이기도 하다. 무엇이 자기에게 필요한지 말해주는 것이다. 슬프거나 화나거나 기쁘거나 불안한 감정을 느낀다면 무언가를 자각했기 때문이다. 무언가를 기억하기 때문이다. 그 기억에 대하여 얽힌 것을 풀어달라는 언어인 것이다.

30년간 심리학 지식을 대중에게 소개해온 심리학자이자 정신분석학자인 메리 라미아Mary Lamia는 그의 책 ≪당신의 감정이 당신에게 말하는 것≫에서 '모든 감정에는 목적이 있다. 감정은 상황에 대한 정보를 제공하는 것이며 그 상황의 목적에 맞는 행동을 하라는 신호 체계이다. 감정을 이해하는 것은 동기부여나 자기인식, 의사결정이나 자기통제 또는 목표달성을 도와줄 도구를 손에 넣는 것이다.'라고 말했다. 예를 들면 불안은 주의를 기울이라는 신호로 받아들이고 두려움은 자신을 보호하라는 경고로 받아들이는 것이다. 슬픔은 상실감을 받아들이라는 것으로, 분노는 자기를 지키는 방패의 역할로 기능한다는 것이다. 수치심은 수치심을 덜어내고 목표를 달성하게 하는 동력으로 사용할 수 있고 창피함은 다음에는 더 잘하겠다는 다짐이 필요하다는 것으로 이해하는 것이다. 이와 같이 감정이 나에게 어떠한 기능을 하는지를 잘 이해해야 한다. 그리고 감정이 나에게 주는 정보를 잘 해석해야 한다.

심리학에는 1894년 지그문트 프로이드의 논문 ≪방어의 신경정신학≫에서 처음 사용된 방어기제라는 것이 있다. 방어기제는 스트레스가 되는 상황에 대하여 환경을 왜곡하여 받아들임으로써 스스로의 불안을 감소시키고, 자아를 보호하고 삶에 적응하고자 사용하는 무의식적 반응 방식이다. 그중에 하나가 승화이다. 승화는 예를 들면 강한 슬픔을 예술이나 음악으로 풀어내면서 성공한 예와 같은 것이다. 분노나 불안을 일에 대한 열정으로 풀거나 특정 부분에서 경험한 것으로 그 부분에서 힘든 다른 사람들을 돕기도 한다. 긍정적인 감정이라고 해서 무조건 다 좋은 것도 아니다. 긍정적이기 때문에 더 도약하고 성장하려는 필요성을 느끼는데 취약할 수도 있고 더 깊은 삶의 의미를 찾지 않아 형이하학적인 삶에 그칠 수도 있다. 내가 감정을 어떻게 보는 지가 중요하다. 감정을 좋은 방향으로 이끌어 갈 수 있는 것은 나의 몫이다.

우리는 창조자다. 슬프거나 외롭거나 좌절감을 느끼거나 자존감이 낮은 사람들이 느낄 수 있는 이러한 감정의 고통은 보석이다. 감정 자체에는 기능이 있다. 그 기능에 따라 긍정적으로 사용할지 부정적으로 사용할지는 나에게 달려 있다. 날씨는 흐린 날도 있고 비 오는 날도 있고 맑은 날도 있다. 날씨 자체가 좋고 나쁜 것이 없듯이 감정도 감정 자체가 좋고 나쁜 것은 없다. 감정을 내가 어떤 관점으로 보고 평가하는지 아니면 감정을 활용하는지에 따라서 달라질 수 있다.

내가 주체가 되어 올라오는 감정을 통해서 나에게 무엇이 필요한지 감정이 하는 말을 알아듣고 해결해주며, 내가 원하는 삶을 나 자신에게 보여줄 수 있도록 감정을 선용하면 감정으로 인해 행복과 감사와 기쁨이 넘치는 풍요로운 삶을 살 수 있게 된다.

06

자신을 사랑하는 것이 최고의 스팩이다

요즘은 스팩이라는 말이 유행처럼 쓰인다. 스팩을 지식백과에서 찾아보았더니 Specification의 줄임말로 원래는 제품의 사양을 뜻한다. 그러나 지금은 취준생들 사이에서 학력, 학점, 토익점수 등을 합한 것으로 취업할 때 이력서 상에 적을 수 있는 것들을 말한다. 자격증이나 업적과 같은 것들이다. 최근에는 좋은 스팩을 준비한 사람들이 취업 후 실제 업무에 취약한 경우들이 많이 발생을 하면서 스팩보다 실제 업무능력을 우선시하는 탈 스팩 채용을 원하는 회사들도 있다고 들었다. 외모 스팩, 고학력을 뜻하는 고 스팩, 영어 스팩이나 자격증 등 모든 것이 이제는 스팩이다. 나는 그 중 제일 핵심이 되는 스팩은 자기사랑이라고 생각한다. 왜냐하면 자기사랑이 모든 삶의 과제를 수행해 나가는데 있어서 가장 핵심이기 때문이다.

자존감은 자존에 대한 감정이다. 자존감이 낮다는 것은 자존에 대한 부정적인 감정 상태에 있다는 뜻이다. 성경은 사람의 구성 요소를 영퓨뉴마,spirit과 혼푸쉬케, soul과 육소마, body으로 본다. 영은 영적인 요소 즉 신적인 요소이다. 죽으면 영만 남는다. 혼은 생명이나 감정, 감각할 수 있는 부분을 말한다. 몸은 물질적인 부분이다. 이 세 부분이 균형잡혀 있어야 한다. 그래야 건강하고 안정감 있는 창조적인 성장 상태에 있게 된다. 자신을 사랑하지 못하는 것은 이 균형에 문제가 있는 것이다. 지금 당장 거울 앞에 서서 말해보아라. '나는 사랑스러운 존재다. 나는 괜찮은 존재다. 나는 무엇을 하든지 잘 할 수 있다. 나는 축복받은 존재이다.' 이렇게 긍정 메시지를 던져 보아라. 그리고 그 말을 받은 나의 느낌을 가만히 느껴보아라. 어색하게 느껴지는 느낌이 있는가? '에이! 무슨 내가 그렇게 모든지 잘하는 사람이 될 수 있겠어!' 그렇게 잘되면 좋지만 말이야!' 아니면 '내가 설마 사랑스러운 존재일까?'등 어떤 느낌이 드는가? 완벽하진 않지만 자존감이 정상적으로 작동하고 자신에 대한 사랑이 크게 손상을 입지 않았다면, 엄마 뱃속에 있을 때처럼 편안함이 느껴지고 삶의 에너지와 그 동력이 자신에게 있다는 것을 알 수 있을 것이다.

영과 혼과 육은 결합되어 있다. 영과 혼은 혼용하여 사용된다. 영혼에 힘을 잃으면 육체는 그 영향을 받는다. 무기력증, 불면증, 의지박약, 부정적 감정, 소화불량, 과도한 스트레스, 공황장애, 우울증 등 약하게 또는 강하게 증상 유발이 된다. 자기를 사랑할 수 있는 힘이 약해 지거나 또는 그 힘을 놓쳐버리는 것이다. 그러면 어떻게 될까? 우선 다른 사람과의 관계가 힘들어진다. 관계가 힘들어진다는 것은 사회적인 동물로서의 인간에게는 치명적이다. 어디를 가든 무엇을 하든 힘들게 살아가게 되고 그것은 결과적으로 경제적인 어려움과도 직결된다. 그리고 부정적인 선택에 대한 감각이 없어져서 잘못된 선택을 반복하게 될 확률이 높다. 주위에 보면 어려운 일이 자꾸 가중되는 사람들을 종종 본다. 겉으로는 잘되는 것 같다가도 오래 가지 못한다.

나는 이런 되돌아가는 인생을 반복해 왔다. 안 되는 일뿐이었다. 나는 몸이 약했다. 최근까지도 가족들이 오랜만에 만나면 '요즘 몸은 어떠냐?'가 나에게 하는 인사였다. 결혼을 생각할 수 없는 정도의 몸 상태였다. 그런 내가 신앙적 계기로 다소 자신감을 얻어 결혼하게 되었다. 남자는 건장했다. 하지만 나와 결혼한 후 1년 여 만에 병으로 사망했다. 지병이 있었던 것도 아니었기 때문에 청천병력 같은 일이었다. 이 기가 막힌 슬픔을 속으로 삭이며 10년을 살았다. 지속적인 우울증을 앓았지만 우울증인지 알아채지 못한 채 그저 내가 신앙이 없어서 자신감도 없고 무기력하다고만 생각했었다. 그렇게 지내다가 지금의 남편과 재혼을 했다. 도박중

독이 있었다. 나는 고상하게 살아서 도박과 같은 어리석은 단어는 알지 못했다. 경제적인 어려움도 지속되었다. 그러나 남편의 성장환경이 나와 똑 닮은 것을 알았기에 남편에 대한 긍휼함이 있었고 그것은 나에 대한 연민이나 다름없었기 때문에 진정과 성심을 다하면 통할 것이라고 생각했다. 하지만 남편은 쉽게 변하지 않았다. 그래서 자기 상처에 갇혀있는 사람은 고집스럽게 자기 상처를 스스로 붙잡고 있으면서 쉽게 변하지 않으려 한다는 것도 알았다.

남편은 결혼 후 잠자리에 누워서 '괜히 슬프다'라는 말을 종종 했다. 나는 그것이 우울증 증세일 수 있다는 생각을 미처 하지 못했다. 그리고 가끔 '나 사랑해?'라고 묻곤 했다. 나도 사랑할 힘이 없는 사람이었던 탓에 예전에 우리 엄마가 하던 말투로 '그냥 살아! 뭘 그런 걸 따져!'라든지, 피식 웃어넘기던지, '굳이 그런 말이 왜 필요해!'라는 식이었다. 사실은 그런 질문이 듣기 어색했다. 나도 그런 질문을 하고 싶은 인생을 살고 있기 때문에 내가 대답해 줄 말이 없었다. 남편이 여러 번 묻는 과정에서 그 공허함이 느껴지는 듯 해 나는 대답을 바꿔야만 했다. 그래서 '그럼 사랑하지!'라고 대답을 바꾸었다. 그 후에도 여러 번 자주 물어보았고 나는 동일한 대답을 일관적으로 했다. 그러자 점점 그 질문을 하지 않게 되었다.

이런 똑같은 질문을 나는 딸에게서도 받았다. 남편의 도박으로 말다

툼이 잦았는데, 그때마다 남편에게 이혼하자고 하면서 '딸은 당신이 키워라.'라는 식의 말을 일삼았다. 그 당시에는 이것이 얼마나 강력하게 아이를 잘라내고 학대하는 것인지 깨닫지 못하고 남편 협박용이라는 생각으로 함부로 지껄였다. 딸은 성격이 느리고 학교에 지각도 자주하고 나의 말을 상습적으로 거역하곤 했는데, 한번은 몸이 약한 내가 식품회사에서 꽤 무게 나가는 작업을 하고 돌아온 날이었다. 내가 텔레비전 리모컨을 가져다 달라고 부탁했는데 딸아이가 가져다주지 않자 화가 나서 그만 그 어린 아이를 옷걸이로 멍 지도록 때리고 말았다. 나는 후에 딸아이에게 '나를 알아주기를 바라는 마음뿐이었다.'고 고백하며 사과했지만 옷걸이 트라우마는 한참 동안 남아있었다.

딸아이는 엄마가 자기를 사랑하는지에 대한 본능적인 불안함이 심했다. 딸은 어느 날 잠자리에 들어 "엄마 나 사랑해?"라고 물었다. 나는 남편에게 한 실수를 그대로 또 딸에게 했다. 나는 무감각했고 당시에 양은순 저자의 가정사역 관련 책을 읽고 강의를 들으면서 부부간의 사랑이 먼저라는 이야기를 기억하고 있었다. 그리고 배운 대로 해야 된다고 생각했다. 그래서 "웅~ 첫째는 아빠! 둘째는 오빠! 셋째는 너야"라고 대답했다. 지금 생각하면 나는 너무 어리석은 사람이었다. 딸도 여러 번 같은 질문을 했다. 비슷한 식으로 답변했는데 어느 날 느닷없이 '이게 아닌데…' 라는 생각이 들었다. 그래서 그날은 딸에게 "웅 사랑해!"라고 대답했는데 딸은 갑자기 달라진 엄마의 대답에 당황하는 눈치였다.

다음 날 딸은 또 물었다. "엄마 나 사랑해?" "그럼 사랑하지." 딸은 또 물었다. "왜 사랑해?" 나는 약간 놀랐다. "응~자식인데 당연히 사랑하지~" "응~ 그렇구나... 그럼 자식이 아니면 나를 사랑하지 않겠네!" "아니야 사랑해!"라고 황급히 대답했다. 딸은 그 어린 나이에 자기의 근본에 대한 존재 가치와 사랑에 의문을 품고 있었다. 더 높은 수준의 질문은 바로 그 다음날이었다. "엄마 나 사랑해?" "응~ 사랑해!" "아빠 보다 더 사랑해?" "응~ 사랑해!" "오빠보다 나를 더 사랑해?" "응~ 사랑해!" "그럼 하나님보다 나를 더 사랑해?" 나는 정답과 사랑 사이에서 순간 정신이 왔다 갔다 하는 것을 느꼈다. 하지만 여기서 딸을 놓치면 안 된다는 생각이 번쩍 들어서 힘을 주어 말했다. "응~ 하나님보다 너를 더 사랑해"라고.

여기서 딸의 시험은 종지부를 찍었다. 그러나 이것은 잠정적인 것일 뿐 계속되는 자기 안의 질문이 삶 속에서는 조금씩 남아 있는 것이 느껴졌다.

이토록 자기에 대한 사랑은 근본적인 문제이다. 이 근본적인 문제가 해결될 때 상처도 자존감도 회복이 되고, 자신을 사랑할 때 세상을 당당하게 살아갈 힘을 얻게 되는 것이다. 상처와 낮은 자존감은 주로 외부에서 영향 받지만 내적으로 자신을 사랑할 힘을 잃게 만드는 것이다. 하지만 상처받은 사람, 안 받은 사람, 예쁜 사람, 안 예쁜 사람, 똑똑한 사람, 안 똑똑한 사람, 잘나가나는 사람, 잘 못나가는 사람 다 상관없다. 존재 자체를 우리는 귀하게 받아 태어났다. 그 생명력은 말할 수 없는 기쁨이요 창조성이다. 생명이 잉태되어 태어나는 것은 말할 수 없는 기쁨이요 감격이다. 이미 출생은 축복이다. 자신을 사랑하는 것이 제일 큰 스팩이다.

자기 이름을 부르면서 말해 보자. 살아줘서 고마워! 감사해! 앞으로 내가 너를 있는 그대로 받아들이고 많이 사랑할게.

07

일곱 번씩 일흔 번이라도 자기를 용서하라

예수님의 제자 중에 스승인 예수님을 3번이나 반복해서 부인했던 베드로라는 제자가 있다. 베드로가 하루는 예수님에게 물었다. "형제가 저에게 잘못을 저지르면 몇 번이나 용서해 주어야 합니까? 일곱 번이면 되겠습니까?" 예수님은 대답했다. "일곱 번 뿐 아니라 일곱 번씩 일흔 번이라도 용서하여라." 여기서 일곱 번은 완전수 7의 의미로서 완전한 용서를 뜻한다. 일곱 번을 일흔 번 용서하는 것은 무제한이다. 자존감이 낮은 사람들은 상처를 잘 받는 사람들이고 상처를 잘 받는 사람들은 이미 자기 안에 상처가 있는 사람들이다. 따라서 용서할 일이 이미 있고 또 계속 용서할 일이 생긴다. 그러나 상처가 많은 사람들은 상처에 집착한다. 그리고 용서하지 않은 채 상처를 곱씹으면서 살아간다.

예수회 신부인 송봉모의 저서 ≪미움이 그친 바로 그 순간≫을 읽고 용서를 절절히 경험해보지 않고서는 이런 용서의 완성본을 쓰기는 어렵다고 생각했다. 또 내가 용서를 경험한 모든 과정과 경험들이 고스란히 담겨 있었다. 내가 용서에 대해서 하고 싶은 말이 다 여기에 들어있다. 하지만 지금 내가 하고 싶은 말은 이 용서를 자기 자신을 향해서도 똑같이 적용해야 한다는 것이다. 이 책에도 나와 있듯이 사실 가장 용서하기가 어려운 사람은 나 자신이다. 상처받은 사람은 자신을 단죄하는 경향이 있다. 나는 이상하게도 직접적으로 나에게 상처를 준 오빠를 미워하지 못했다. 아니 오빠를 사랑했던 것 같다. 도리어 상처를 받은 대상인 나 자신을 미워했고 용서하지 못했다.

아버지는 가정에는 무심하신 분이셨고 어머니는 우리 형제 넷을 먹이고 입히고 가르치셔야 했다. 덕분에 오빠는 어머니와 함께 이런 삶의 일부를 감당해야만 했다. 오빠는 이런 과정에서 어린 나이 때부터 아이스케이크라 불리던 하드장사, 구두닦기, 신문팔이, 공장생활을 하며 아버지가 지지 않은 짐을 어머니와 나누어져야 했기 때문에 많은 고생을 했다. 이런 오빠에게 어머니는 항상 미안하다는 말을 입이 닳도록 하셨다. 어머니는 오빠가 양육의 대상도 통제의 대상도 아니었다. 내 생각에 오빠는 어머니에게 있어서 남편 대신 의지의 대상이었다고 해야 더 옳을 것 같다. 이런 오빠는 비정상적인 혈기가 있었고 사소한 이유에도 부당한 비인격적인 말과 폭력을 휘둘렀다. 나에게 폭력을 휘두를 때 오빠는 온몸이 붉은 반점으로 가득해졌고, 눈의 흰자위가 빨간색으로 변하며 피부에는 오돌토돌 돌기가 돋아났다. 나는 그 돌기 가운데 난 털이 빳빳이 서 있는 것을 보며 내 육체를 뚫을 것만 같은 공포를 느꼈다. 그렇지만 나는 굉장한 고집이 있었고 속으로 '너는 나를 때릴 자격이 없는데 때리고 있고, 때리는 이유도 부당하니 나에게 잘못하고 있는 너를 나는 무시한다.'고 생각하면서 묵언수행으로 대응하며 온몸으로 무시감을 드러냈기에 오빠의 폭력을 더 촉발시켰다.

나는 기독교인이다. 아버지가 좋은 본을 보여 주지는 못하셨지만 어쨌든 나는 엄마 뱃속에서부터 교회를 다니고 설교를 들어왔기 때문에 나에게 죄지은 자를 용서해야 한다는 종교적 명제 앞에 '오빠를 미워하지 않아야 한다.' '용서해야 한다.'고 강박적으로 생각했을 수도 있다. 상처받은 사람은 '내가 옳다.'라는 생각이 강하다. 나도 그랬다. 그래서 잘못은 오빠에게만 있다고 생각했다. 다시 말해 오빠는 죄인, 나는 의인이었다. 그런데 내가 26살 쯤 되었을 때 자주 쓰러지고 응급실에 실려가는 일이 생기면서 처음으로 진지하게 나도 죄인 일 수 있다는 생각을 하게 되었다.

그 사건 이후로 오빠를 용서하겠다는 결심을 했고, 3년 정도 지났을 때 친구의 소개로 사람을 만나 결혼을 하게 되었다. 그런데 기가 막히게도 결혼 후 1년도 채 못 되어 남편이 사망하는 상황이 발생한 것이다. 그 때 나는 문상 온 부모님과 오빠와 올케언니 앞에서 오빠가 나에게 상처 준 것을 모두 용서했노라며 뜬금없이 오빠에게 면죄부를 주었다. 그리고 나의 용서에 대한 문제는 잠정 해결되었다고 믿었다. 하지만 그 후로도 나의 범 불안증세와 무기력증, 대인기피증과 자살충동 등의 심리장애는 계속되었다. 그 후로 여러 번의 상담과 자기성찰과 회개 그리고 말씀 묵상에 시간을 바치며 이제는 그 문제에 있어서 온전히 해석이 되었고, 진정한 용서에 도달할 수 있었다.

얼마 전 오빠 집을 방문할 일이 있었는데 오빠는 아이가 둘 있는 올케언니와 결혼했다. 그리고 둘 사이에 친 조카가 하나 있다. 오빠는 쾌활하고 적극적이며 누구보다도 가정적으로 열심히 아이들 셋을 잘 키워냈다. 거실 장에는 아이들이 선물한 돈 케이크가 진열되어 있었고 벽에는 아이들이 만든 훌륭한 아버지상과 이 세상에 다시 태어나도 아버지의 아들, 딸이었으면 좋겠다는 카드들이 걸려있었다. 오빠는 나에게 그것들을 자랑했다. 나는 거기서 조금도 기분 나쁘거나 괴리감을 느끼지 않았다. 충분히 호응하고 훌륭하다고 환호했다. 그런 나를 보며 내 용서의 수준이 어느 정도까지 자랐는지를 보며 나도 놀랐다.

하지만 더 중요한 문제가 남아 있었다. 나는 오랫동안 내 상처에 집착하며 자신에 대한 미움과 좌절, 의욕부진과 집중력 저하로 내가 원하는 삶을 살아가지 못했다. 그리고 높은 이상에만 잣대를 두고 거기에 못 미치는 스스로를 지속적으로 미워하고 있었다. 그 습관이 내가 넘어야 할 더 큰 산이라고 느꼈다. 모든 것이 상처이면 모든 것이 용서의 대상이 된다. 관계에서 잘 대처하지 못한 말 한마디도 용서가 안 되고 자신이 바보 같다고 느꼈다. 회사에서 성과를 잘 내지 못했을 때도 자격지심으로 불편했고, 때로는 왕따 당하는 느낌이 들기도 했으며, 나 자신이 못나 보이고 하찮게 보이기도 했다. 이때는 내가 하는 짓은 다 하찮게 느껴졌는데 이런 나를 나 자신이 있는 그대로를 인정해주고 따뜻하게 안아주는 것이 필요함을 알게 되었다.

나는 나를 용서하기로 마음먹었으며 그것은 지속적이고 반복적이어야 했다. 왜냐하면 모든 일상에서 나의 부족한 면만을 보며 많은 정죄감으로 스스로를 대하고 있었기 때문이다. 그때마다 나를 용서하는 것이 필요하고 또 필요했다. 그래서 나는 나 자신을 일곱 번씩 일흔 번이라도 용서하기로 한 것이다. 자기와의 진정한 화해가 필요했던 것이다. 나를 용서할수록 나 스스로를 괜찮은 사람이라고 여기기 시작했다. 내가 실수했다고 생각하는 순간 습관적으로 스스로를 탓하고 한심하게 여기는 마음이 올라온다. 그러면 재빨리 '나는 나를 용서한다.'라고 나 자신에게 말했다. 사실은 나도 남도 실수할 수 있고 그것 때문에 자신을 탓하는 마음을 갖는다는 것은 불필요한 일이다. 그리고 실수는 객관적으로 충분히 그럴 수 있는 일 중에 하나일 뿐이었다. '나는 나를 용서한다.'고 선언하며 사건에 대한 재해석을 하며 상처에 대한 집착을 끊어나갔다. 이렇게 반복적으로 자신에 대한 부정적인 습관을 고쳐나갔다. 그랬을 때 나는 상상했던 것보다 더 인생이 행복해지는 것을 느꼈다. 어두움과 부정적인 세력들이 나에게서 서서히 물러갔을 뿐만 아니라 긍정적인 밝은 빛으로 밝혀지면서 현재의 삶에 재미를 느끼고 신나기까지 했다.

용서는 나의 삶 모든 영역에서 행복한 삶을 살 수 없도록 나를 가로막고 있었다. 우리는 현대사회의 홍수처럼 넘쳐나는 정보와 빠른 변화 속에 살고 있다. 그래서 스스로가 뒤처진다는 생각을 떨쳐버리기가 쉽지 않다. 남들보다 더 많은 돈, 더 좋은 집, 더 좋은 차를 가져야하고, 또 컴퓨터의 발달로 인한 빠른 변화에 적응하기가 쉽지 않다. 이렇게 열등감과 무기력을 느끼게 하는 사회에서 우리는 살고 있는 것이다. 이런 사회에서 남을 용서하는 것도 중요하지만 자신을 용서하는 것이 더 중요하다. 사소하던 사소하지 않던 자신을 계속 용서해주어야 한다. 지속적인 용서는 완전한 용서이다. 일곱 번씩 일흔 번이라도 자기 자신을 용서하라.

3장

• • •

자존감을 높이기 위해 먼저 해야 할 것들

01

불편함도 받아들이면 편해진다

1997년 하반기에 나는 몇 달 동안 캐나다에 있었는데, 어느 날 캐나다 벤쿠버의 한 동네에서 상류로 물길을 거슬러 올라가는 연어 떼를 구경하고 서 있었다. 연어 떼는 정진과 정지를 반복하며 올라가고 있었다. 정지하고 있을 때는 자연스레 물살에 떠밀려 뒤로 밀려 내려갔다가 다시 정진하는 모습을 보았다. 자존감을 높이기 위해서는 물길을 거슬러 올라가는 것도 필요하지만 반대로 물길 흐르는 대로 자신을 맡기는 것도 필요하다.

자신만의 생각에 사로잡혀 있으면 불필요한 고집 때문에 불편한 상황이나 사람과의 관계에서 유연성이 떨어지고 공동체에서 소외되게 된다.

내 안의 노여움, 분노, 섭섭함, 피해 의식, 상처들은 나로 하여금 편안하게 받아들이고 함께 소통할 수 있는 자유로운 삶을 사는데 제약을 만든다. 무엇이든지 불편하게 생각하기 일쑤다.

인생은 여행과도 같다. 가지고 다니는 짐도 무게가 있지만 마음의 무게도 행복한 인생의 여행을 힘들게 만든다. 두려움으로 자신을 통제하려는 것들을 내려놓고 삶의 흐름에 자신을 맡기고 받아들이면 더 편해지리라 믿는다. 물에 빠진 사람이 가라앉는 것은 몸에 힘을 주기 때문이라고 한다. 힘을 빼고 가만히 있으면 물 위로 떠오른다. 모든 일을 너무 심각하게 생각하지 않도록 해보는 것도 좋다.

나의 오래된 친구 중에 아주 키가 작고 왜소한 친구가 있다. 이 친구는 동네 부동산, 미용실, 특별집회 같은 곳에 갈 때 나를 잘 대동하곤 했는데, 다른 사람과 이야기를 할 때 오래전부터 알던 사람인 것처럼 이야기를 하고 있어서 물어보면 그저 조금 전에 만난 사람인 경우가 많았다. 그녀의 집에는 돌봄이 필요한 가족들이 있었고, 또 한편으로는 남편의 정신병력을 모르고 결혼한 탓에 그로 인한 정신적 고통으로 힘든 상태였다. 웬만해서는 감당하기 힘든 삶이었다. 그러나 이 친구는 자신의 삶을 있는 그대로 받아들이고 회피하지 않는다. 그러면서도 같은 아픔을 가진 이들을 찾아가 위로하고 격려한다. 나도 이 친구의 위로를 많이 받았다. 내 삶의 불편함을 부정적으로만 해석하면 끝까지 불편함으로 남는다. 그러나 받아들이고 직면하고 그것 위에 올라서면 더 성숙한 삶이 되고 의미있는 삶이 된다. 괜찮지 않은 감정이 있으면 모든 게 다 불편하다. 피해 의식 때문에 생각의 제한을 가지게 되고 새로운 상황을 빨리 받아들이지 못해 불편함이 지속되는 것이다.

나는 직장에 처음 입사했을 때 업무를 빨리 익히지 못했다. 나는 나보다 어린 팀장이 나를 가르칠 때 기분 나쁘게 느껴져서 지적을 받을 때마다 기분이 좋지 않았다. 그런데 어느 날 퇴직하는 직원이 있어서 몇몇이 송별 식사를 하게 되었다. 그날 나는 팀장의 지적질 때문에 스트레스를 받는다고 이야기를 했다. 그런데 놀랍게도 한 동료가 이렇게 말했다. "언니는 전혀 스트레스 안 받는 사람이라고 생각하고 있었는데 의외예요. 언니는 누가 뭐래도 자기 마음대로 하잖아요." 나는 그때 깨달았다. 내가 절대 누구의 말도 잘 안 듣는 사람이라는 것을! 그래서 내가 불편함을 느끼듯이 남들도 내가 불편할 수 있다는 것을 말이다. 나는 바로 동료가 말해 준 내 모습에 대하여 인정했다. 그리고 그 후로는 최대한 가르쳐 준 것을 그대로 배우려고 노력했다.

우리는 누구나 평화롭고 불편함이 없는 환경에서 지내고 싶기 마련이다. 그렇게 되기 위해서는 그 불편함을 직면하고 인정해야 한다. 그리고 그 흐름에 과감하게 자신을 맡기는 것도 필요하다. 그렇다고 편해지기 위해서 억지로 다가가려고 노력하거나 위장된 평화를 위해 애쓰다가는 역효과만 날 수 있다. 나는 진전성이 중요하다고 생각한다. 편안함은 자연스럽게 만들어져야 한다. 불편함 자체를 그냥 받아들이는 것이 가장 좋은 방법일 때도 있다.

팀이 바뀌고 나서는 문제가 생겼다. 동료직원 중 한 사람이 유독 알게 모르게 들으라는 식으로 업무나 개인 적인 일에 대한 비난 섞인 말을 계속 일삼았다. 어떤 직원은 그 사람 때문에 스트레스를 받아 입병까지 났다. 나는 자꾸 불안해져서 그 동료직원과 친해지기 위해 다가가려고 애썼다. 그런데 또 그 동료에게 다가간다고 비난하는 사람이 생기기도 했다. 그래서 가만히 생각해 보았는데 나는 매번 나를 불편하게 하거나 무시하는 사람에게는 약간 비굴해 지면서 평화협정을 위해 다가가는 경향이 있다는 생각이 들었다. 그 행동 자체도 매우 신경 쓰이고 힘든 일이었음에도 불구하고 나는 나의 관계 불안에서 벗어나려는 시도들을 행하곤 했던 것이다. 그런데 불편함을 그냥 아무것도 하지 않고 그대로 내버려 두니 자연스럽게 점차 불편함이 사라졌다. 작년 연말 즈음 뉴스에서 본 운세풀이 중에 생각나는 내용이 있다. '너무 복잡하게 생각하지 마라. 그냥 자연스럽게 받아들이면 편해진다.'

노년 정신의학, 정신분석학, 집단 심리요법을 전문으로 하는 정신과 의사 와다 히데키Wada Hideki는 그의 책 ≪감정적으로 받아들이지 않는 연습≫에서 '감정적으로 받아들이지 않기 위해서는 매사를 되도록 부드럽게 받아들이는 사고법이 도움이 된다.'고 말했다. 매사를 '옳다.' '그르다.'의 양극단에 치우쳐 받아들이고 중간의 모호한 영역을 받아들이지 않는다면 감정적이 되기 쉽다. 이러한 제한 때문에 처해진 상황을 받아들이지 못하게 되면 많은 생각과 상처에 에너지를 쓰게 되고 불편함만 가중되고 대인 관계도 악화된다. 우리는 우리의 의지나 선택과는 관계없이 불편한 상황들 속에 놓일 때가 많다. 매사를 부드럽게 받아들이는 것이 좋다. 우리는 항상 외부로부터 나를 편하게 해주는 조건이 주어지기를 바라는지도 모른다. 그러나 내가 변하지 않으면 이 세상이 나를 위해 맞춰주지 않는다. 세상을 향해서 받아들임이라는 마음의 문을 열면, 불편함 자체를 받아들이는 것이 가장 편한 것이 될 수 있다.

나는 한 모임에서 회원들 모두가 나보다 나이가 어리다는 이유로 공감대가 같지 않다며 매우 불편함을 느끼고 있었다. 그 중 나는 한 분에 대해서 약간 무시하는 감정이 있었는데 그 이유는 그분의 무질서한 삶의 경력 때문이었다. 나는 종교적이고 고지식한 편인데, 그분이 자신은 자유분방하고 누구든 쉽게 만나고 쉽게 헤어진다고 고백했을 때 이상하게도 비하감이 들어서 그분을 보면 마음이 좋지 않았다. 그래서 나는 그 모임에 가기가 싫었었는데, 한 번은 그분이 왜 자기가 그렇게 자유분방할 수 밖에 없는지 그 이유에 대해 이야기하는 것을 듣게 되었다. 사람은 누구나 자기가 원하지 않은 방향으로 삶이 흘러갈 수도 있다는 것이 너무 잘 이해가 되었다. 또한 자기의 자유분방함에 대한 마음 속 깊은 곳의 고통과 갈등에 대해서 말했을 때 비로소 나의 불편함도 풀려가기 시작했는데, 나는 이런 식의 불편함을 자주 느끼는 편이었다.

그래서 왜 그런가 생각해 보았는데 나는 세상에 대하여 한 번도 마음의 문을 열고 사람을 대한 적이 없었고, 비난적이고 비판적이었다. 그 일이 있은 후 나는 세상을 향해 그리고 사람들을 향해 마음의 문을 열어야 한다는 매우 중요한 것을 배웠다. 내 마음이 열려있으면 불편함을 빨리 받아들일 수 있는 확률도 커지지만, 내 마음이 닫혀있으면 생각이 경직되어 불편함을 받아들이기도 쉽지 않다. 유연성을 가지고 흐름에 맡기면 불편함도 받아들이기가 쉽고 받아들이면 편해진다.

02

관계에도 다이어트가 필요하다

요즘은 다이어트 열풍이 대단하다. 원 푸드 다이어트, 황제 다이어트, 간헐적 다이어트, 디톡스 다이어트 등 그 종류도 셀 수 없이 많다. 최근에는 지방 다이어트가 유행이다. 강남의 지방 클리닉 병원의 한 블로그를 보니 고도일병원의 한 의사선생님은 매일 삼겹살을 먹고 밥은 하루에 반 공기 정도만 먹으면서 최고 13kg을 감량했다고 한다. 외모지상주의인 요즘은 남자에게나 여자에게나 다이어트는 필수다. 탄탄하고 아름다운 몸매를 가짐으로써 예뻐 보이고 멋있어 보이려는 것이다.

특히 젊은 사람들은 본인이 살이 쪘다고 느끼면 다른 사람들에게 자기관리도 안 되는 사람으로 보일까 봐 다이어트라는 말을 너 나 할 것 없이 입에 달고 산다. 사실 다이어트는 아름다움을 위한 것이기도 하지만 건강을 위한 것이기도 하다. 나는 살을 빼는 다이어트가 필요해 보이는 것이 소원이다. 왜냐하면 나는 작은 키에 난민처럼 삐쩍 마른 체형이기 때문이다. 나는 건강을 위해서 역 다이어트가 필요한 사람이다. 그런데 상황에 따라서는 인간관계에도 다이어트가 필요하고 생각한다.

나의 지인의 남편은 20여 개나 되는 모임을 가지고 있었다. 훈남인데다가 성품은 온유하고 친절하기까지 하니 인기 만점이었다. 그의 아내인 나의 지인도 남편의 좋은 성품에 반해 결혼했다고 한다. 그는 모임마다 대부분의 총무 자리를 맡고 있었다. 사업이 잘 되어서 꽤 잘 살았었는데 결국 관계 다이어트에 실패하면서 많은 모임에서 에너지를 다 써버리고, 또 관계에 얽히면서 사업까지 망하게 되었다. 그래서 무보증 단칸 지하방에서 살기도 했었는데 지금은 우여곡절 끝에 태국에서 잘 살고 있다. 그런가 하면 어디가나 친구하나 없이 주로 혼자서 아웃사이더로 왔다 갔다 하는 사람도 있다. 너무 살이 쪄 있어도 안 되지만 너무 말라 있어도 건강에 좋지가 않다. 나는 우리 집안의 체질적 영향도 있지만 너무 말라 있어서 늘 기운이 없다. 살을 빼기도 해야 하고 찌기도 해야 하는데 중요한 것은 빼는 것도 찌는 것도 근력을 키워야 한다.

사람은 관계에서 인정받고 존중받기를 원한다. 또한 관계에 받아들여지지 않을 것을 두려워하기 때문에 도리어 혼자 맴돌기도 한다. 이런 이유로 다른 사람의 청을 거절하기가 어렵고 또는 집착하기도 한다. 그래서 너무 많은 관계에 빠지기도 하고 반대로 학대받으면서도 상대를 떠나지 못해 데이트 폭력이 생기기도 한다. 이런 건강하지 못한 관계는 다이어트를 해야 하는 것이다.

다이어트는 일단 음식에 대한 관리이다. 음식에서 한발 뒤로 물러서야 한다. 먹고 싶은 욕구에서 멀어져야 한다. 자기계발서로 성공한 사람들이 좋아하는 책 중에 하나가 미즈노 남보쿠의 ≪절제의 성공학≫이라는 책이다. 이 책의 내용은 모든 것이 음식 절제에 있다는 것이다. 관계에 있어서도 모두를 만나고, 찾아다니면서 도와주고, 거절하지 못하다 보면 그 관계 자체가 비대해져서 자신의 삶의 질을 떨어뜨릴 수 있다. 그리고 그로 인해 마음이 무겁게 되거나 삶의 균형이 깨질 수 있고 더 중요한 것은 관계만 좇다 보면 내가 없어진다는 것이다. 진짜 나를 보호하고 진짜 내가 되기 위해서는 관계의 다이어트도 필요하다.

낮은 자존감은 일시적으로 오기도 하는데 나는 그것조차도 오래된 뿌리와 연결되어 있다고 생각한다. 나는 부모님의 무관심과 불합리한 형제관계 속에서 불안하고 안정되지 못한 어두운 정서를 가지고 성장했다. 열악한 환경에서 나고 자라면서 상처받으면서 살아온 사람이라면 자존감이 높다는 자체를 경험해보지 못했기 때문에 무엇이 잘못되었는지를 모를 수도 있다. 나는 만성적으로 오랫동안 빠져나오지 못하는 미로 속에 갇힌 것 같은 마음으로 다른 사람과 내가 다르다는 것을 느끼며 살았다. 몇 년 전에 신학 동기 목사님이 하시는 내적 치유상담을 하면서 나 자신을 면밀하게 들여다보는 기회를 가졌다. 상담을 마치고 목사님이 나를 버스 정거장까지 데려다주기 위해 같이 걸어가고 있었다. 그때 내가 이렇게 말했다. "목사님! 이렇게 누군가와 아무 말도 없이 있으면 제가 공연히 아무 말이나 지껄이게 돼요. 가만히 있으면 어색하고 이상하거든요." 그랬더니 목사님이 대답했다. "불안해서 그래요." 맞는 말이었다. 어색하고 이상한 느낌이 불안이라는 것을 알아채지 못했던 것이다. 또한 둘이나 셋 정도면 괜찮은데 여러 사람이 있을 때에는 그 무리에 적극적으로 끼지 못했다. 나 혼자만의 세계에 빠지다 보니 동문서답도 잘했다. 관계 근육이 없어서이다.

거기에 또 하나의 원인은 관계에서 먹는 것이 빠질 수 없는데 나는 위와 장이 무력하고 선천적으로 담즙이 나오지 않아서 단백질과 지방을 소화시키지 못한다는 체질 전문가의 진단을 받은 적이 있다. 자주 체하는 것 때문에 일반적으로 다른 사람들이 좋아하는 음식을 같이 먹을 수 없을 때가 많아서 인간관계가 힘들 때가 있다. 전도사였을 때는 부득불 대접을 받아야 할 때도 많았는데 식당에서 내 앞으로 먹을 것들을 밀어주고 권하면서 마른 나에게 너무 안 먹어서 그렇다며 "많이 드세요." "많이 드세요." 이럴 때가 많았다. 그때마다 속사정 이야기를 매번 하기도 어렵고 성의를 무시하는 것 같아 먹고 와서는 한동안 고생을 하곤 했다. 지금은 먹는 자리는 가급적 거절하고 가지 않는다. 안 가도 전처럼 괜히 미안하거나 소외감을 느끼거나 불안하지가 않다. 나에게 집중하고 내가 할 수 있는 만큼만 하고 다른 사람들이 어떻게 보든 말든 신경 쓰지 않아도 불편하지가 않다.

다이어트를 위해서 음식을 절제하듯이 당장 끊어야 할 관계도 있고 조정이 필요한 관계도 있을 것이다. 나에게 부정적인 영향을 주고 내 마음을 무겁게 하는 관계가 있다면 당장 끊어야 할 관계인지 검토해 보기를 바란다. 다이어트에는 요요현상이라는 것이 있다. 만나면 힘들고 안 만나면 외로운 것 때문에 이렇게도 해 보았다가 저렇게도 해 보았다가를 반복한 경험이 있을 것이다. 다이어트는 건강하기 위해서 하는 것이다. 사람과의 관계 다이어트도 마찬가지이다. 자존감은 나 자신을 존중하고 사랑하는 마음이기 때문에 타인과의 관계에 의존하지 않는 상태로 나아가려고 노력해야 한다. 그리고 내가 집중해야 하는 관계에 우선순위를 매겨 놓아야 한다. 내가 집중해야 할 관계는 먼저 가족이다. 나와 가족 구성원의 건강과 행복은 나의 건강과 행복에 직결되어 있기 때문에 무엇보다도 중요하다.

타인과의 관계에 불편함을 느껴서 차라리 외톨이가 되는 것을 선호하면서도 감정적으로는 소외감을 느끼거나, 반대로 너무 많은 관계에 얽혀 있어 자기의 시간을 다 허비한다면 건강한 관계 형성을 위한 관계 다이어트가 꼭 필요하다. 관계 근력을 키우고 건강한 관계 습관으로 체질화되어야 한다. 언제든지 편안한 마음으로 관계 형성에 들어갈 수도 있고, 온전한 나로서도 내 일과 성장에 집중하며, 관계는 나의 짐이나 의존의 대상이 아닌 행복이 되어야 한다. 자존감을 높이려면 먼저 나의 관계의 다이어트가 필요하다.

03

상대방의 기분은
내 탓이 아니다

상대방의 기분 탓에 나의 기분까지 엉망이 되는 때가 종종 있다. '나 때문에 상대방의 기분이 나쁜 것인가?'라고 불필요한 오해를 할 때가 많다. 사실은 나 때문에 그런 것이 아닐 가능성이 훨씬 더 많다. 하지만 자존감이 낮은 사람들은 상대방의 기분에 매우 민감하게 반응하면서 감정적인 침체를 경험할 수 있다.

회사에서 내가 호의적으로 생각하고 있던 직장 상사가 엘리베이터 앞에서 인사하는 나를 본척만척하고 지나쳐 가는 바람에 나의 기분이 몹시 상한 적이 있다. 그때 나는 입사한지 얼마 되지 않은 상태였는데 나를 싫어해서 그런가 싶은 생각에 화가 나기도 하고 섭섭한 마음이 들기도 했다. 나는 평상시에도 나의 감정을 잘 표현하지 못하면서 혼자서 삭이거나 토라져 있을 때가 많았다. 그 당시에는 나의 낮은 자존감으로 인한 이런 감정들에 대해서 세밀하게 느끼기 시작한 시점이라 내가 느끼는 이 기분이 과연 합당한 것인지를 생각해 볼 여유가 있었던 때였다. '상사는 내가 싫어서 인사를 받지 않은 것일까?' 그것에 대해서는 사실 확인된 것이 없다는 결론을 내렸다. 다만 업무지식과 실적 부족에 대한 자책감이 발동했기 때문에 자격지심으로 스스로 그렇게 생각하게 된 것이었다고 결론지었다. 아마도 그 상사는 자기 생각에 빠져 내가 인사하고 지나가는 것을 미처 인식하지 못했던 것뿐이었을 것이다.

경험이 풍부한 부부 심리치료사인 롤프 메르클레Rolf Merkle 와 도리스 볼프Doris Wolf 의 공저 ≪감정사용 설명서≫라는 책에서는 '건강한 생각은 사실에 근거를 둔다.'라고 했다. 상대방의 기분이 내 탓이라고 생각하는 것은 사실에 근거를 둔 것이 아니다. 자기의 감정에 근거를 둔 것이다. 사실인지 아닌지 판명되기 전에 스스로 내 탓으로 만드는 것은 어리석은 것임에도 불구하고 마치 사실처럼 여긴다. 나는 소화장애로 자주 체하는데 심하면 3일 정도 굶을 때가 있다. 그러면 한동안은 모든 활동이 제약을 받는다. 사람 만나는 것도 힘들고 만사가 다 귀찮다. 매주 있는 예배모임에도 나가지 않고 전화도 받지 않는다. 그 때는 나 자신이 매우 예민해져 있다. 이런 일이 여러 번 있었다. 한번은 모임의 리더가 거의 비슷한 증상으로 병원에서 수액을 맞고 치료를 받게 되었는데, 사업과 자녀의 출산 등 여러 일들이 겹치면서 신경을 많이 쓴 탓에 체한 것이다. 치료를 받으면서 내생각이 나더라며 전화를 했다. 본인이 나와 같은 병증으로 아파보니 나의 건강상태가 이런 것인가 보다 하고 이해를 했다고 전하면서 사실은 '내가 자기를 싫어하고 거부하는 것으로 생각해서 나에 대하여 불편함을 느꼈었다'고 고백했다.

자존감이 낮은 상태에서는 관계에 대한 믿음의 기반이 약하기 때문에 상대방의 태도나 말 한마디도 쉬이 넘어가지지 않고 감정적이 되기 쉽다. 그래서 상대방의 기분을 내 탓으로 끌어들이다 보면 나의 기분은 엉망이 되고 만다. 이러한 일들은 언제든지 발생될 수 있는 일이다. 이런 일로 힘들 때 반드시 알아야 할 것은 그것은 확인된 사실이 아니라 그 일에 대한 나의 평가나 판단에 따른 것이라는 것이다. 그 일에 대해서 내가 어떻게 생각하느냐가 중요한 관건이 되는 것이다.

자존감이 낮은 사람들은 상대방의 기분에 민감하고 그에 따르는 에너지 소비가 많기 때문에 감정 낭비를 많이 하게 된다. 이러한 감정 낭비 때문에 정작 해야 할 현실적인 일들과 과제에 집중하지 못하게 되고 자연히 사회생활에서 위축될 수 있다. 그리고 스스로의 범위를 축소시키는 선택을 하려고 하기 쉽다. 때로는 자기감정에 치우쳐 나를 배려하지 않고 발끈해서 기분 나쁘게 하는 상사가 있을 수 있다. 그런 사람이 가족이 될 수도 있고 또는 어떤 모임에서 화를 잘 내는 사람일 수도 있다. 그럴때 그들의 감정에 휘말리지 말고 나의 감정을 잘 살펴야 한다. 나 때문이 아니라는 것을 분별하고 있어야 감정피해를 줄이고 나의 일에 집중할 수 있다.

화를 내면서 말하는 습관이 있는 사람이 있다. 또 어떤 사람은 성격이 불같고 하고 싶은 말을 아무 거침없이 툭툭 내뱉기 선수인 사람도 있다. 평상시에는 좋다가도 한 번씩 푹 찌르는 말을 잘하는 사람도 있다. 이러한 사람들로부터는 자기 방비를 잘 하여야 한다. 자기 혼자 스트레스를 받고 있다가 난데없이 엉뚱하게 나에게 불똥이 튈 수도 있다. 이 모두는 다 자기 안에 가지고 있는 어두운 그림자와 콤플렉스의 영향을 받고 있는 것들이다. 하지만 그 불똥이 나한테 튄 경우에는 내 잘못이 아님에도 불구하고 내가 감정적 피해를 당할 수 있다. 나는 감정에도 질량보존의 법칙이 존재한다고 믿는다. 상대방이 어떤 자극을 받아 자기의 어두운 그림자와 콤플렉스로 인해서 나에게 발끈했다면 그의 어두운 그림자와 콤플렉스로 인한 화의 감정들을 그대로 내가 전달받게 된다. 하지만 이 기운이 나에게 흘러 들어오는 것을 허용하지 말아야 하는 것은 나 자신이다. 이 어두운 기운을 받아들이면 나도 어떤 방식으로든지 이 기운을 흘려보내려 하게 된다. 스스로에게 겨냥할 수도 있고 자기보다 약자에게 흘려보낼 수도 있다.

자존감이 높아지기 위해서는 나의 자존감을 낮추는 이런 상황에 대하여 내 잘못인 것과 내 잘못이 아닌 것을 구분할 줄 알아야 한다. 심리치료 및 가족치료를 연구한 송남용 저자의 저서 ≪내 감정 조절 법≫에 나오는 사례이다. 어떤 직행버스 운전기사님이 50대의 한 남자가 버스에 올라타서는 차량 바깥으로 딸로 보이는 젊은 여자와 손짓으로 서로 들어가라고 인사를 하고 있는 동안 그 50대 남성에게 두 번이나 "빨리 앉지 않고 뭐 하세요!"라며 소리를 질렀다. 그 손님은 말없이 딸같이 보이는 사람과 인사를 다 나누고 자리에 앉아 가다가 버스 운전기사에게 "기사님! 내가 다른 손님에게 크게 피해를 준 것도 아니고 그렇다고 차가 운행 중인 것도 아닌데 저에게 너무 지나치신 것 아닙니까?"라고 하니 운전기사는 조금 후에 "제가 마음이 좀 급해서요. 미안합니다."라고 사과했다. 이 손님은 아마도 무례한 버스기사의 태도 때문에 계속 기분 나쁜 상태에 빠져 있지는 않았을 것이다.

다른 사람의 감정의 찌꺼기를 내 것으로 가져오지 말자. 나는 이와 같은 일로 내 마음이 자꾸만 빨려 들어가려 할 때 "음 이제 됐어. 이 문제는 여기까지~"라고 반복하여 선포하고 기분 나쁜 감정의 집착을 끊는다. 상대방의 어두운 그림자와 분노가 내 안에 흘러 들어오는 것을 막기 위해서다. 자기표현이 어려울 때는 이렇게 스스로에게 말해보자. "음 이제 됐어. 이 문제는 여기까지~" 그리고 말할 수 있는 상황이라면 위의 손님같이 정확히 이야기해 볼 용기도 필요하다.

모든 인생에는 각자 삶의 애환이 있다. 상대방의 실수에 영향 받기보다는 너그러이 이해하는 마음을 가지고 있으면 감정적으로 되받아치거나 자기 공격적으로 감정에 함몰되지 않는다. 성숙한 자존감으로 자신을 존중하게 되고 상대방의 기분을 내 탓으로 만들지 않게 된다.

04

남의 기대에 부응하기 위해 애쓰지 마라

우리는 나 자신의 가치를 무엇으로 느끼는가?

나는 고양이를 한 마리 키우고 있다. 고양이의 이름은 수수다. 애견 샵에서 분양받아 왔다. 우리가 애견 샵 안으로 들어갔을 때 다른 고양이들은 제각각 혼자 놀고 있거나 자고 있었다. 그런데 수수는 우리를 보고 그 조그맣고 하얀 몸을 두발로 일으켜 세워 기대어 서서 딸과 나를 보고 눈을 맞추며 '야~옹'이라고 했다. 그것은 마치 '나를 데려가 주세요~~'라는 소리로 들려서 그런 수수를 데려오지 않을 수 없었다. 예방접종을 하기 위해 수수를 데리고 동물병원에 데리고 갔다. 의사는 아플까봐 지레 겁먹고 '야~옹, 야~옹' 소리를 내는 수수에게 "아이고 이놈 겁이 많구나!"했다. 피검사를 하는데 나는 의사에게 물었다. "어머나 이렇게 작은 고양이도 채혈할 때 팔뚝을 고무줄로 묶고 사람 피 뺄 때하고 똑같이 하는군요?" 의사는 내게 말했다. "동물도 사람하고 똑같아요. 다만 사람은 자유의지를 가지고 자기 결정권이 있지만 동물은 그렇지 못하다는 점만 달라요."

수수를 데리고 와서 키우면서 우리는 수수에게서 많은 것을 배웠다. 수수는 우리에게 잘보이기 위해서 굳이 애쓰지 않는다. 수수를 예뻐해 주기도 하지만 어떤 때는 마구 야단치고 때릴 때도 있다. 하지만 그런 것에 상관하지 않고 우리에게 다시 오고 때로는 우리를 기다리고 때로는 멀뚱거리며 곁을 안 준다. 그저 자기 방식대로 살뿐이다. 우리가 자기를 어떻게 여기는지 상관없이 자기 방식대로 지내지만 우리가 수수를 예뻐하듯이 나대로 살 때가 가장 나의 가치가 손상되지 않는 상태에 있는 것이라고 생각한다. 애쓰지 않아도 내가 원하는 인정과 사랑은 여전히 있는 것이다.

우리에게는 두려움이라는 본능적 자기보호 기능이 있다. 과거의 원시적인 삶에서는 급박한 상황에 처했을 때 신경들이 놀라 움츠러들며 일순간에 긴장하고 본능적으로 자기보호 센서를 작동시켰다고 한다. 그러나 지금은 갑자기 뱀이 나타나거나 호랑이가 나타나거나 하지는 않는다. 하지만 인정받기 위해서 또는 상처받지 않기 위해서 두려움의 신경 센서들이 켜진다. 그리고 남의 기대에 부응함으로써 느끼게 될 나의 가치에 목적을 두고 있으면서, 한편으로는 나로 나답게 살지 못해서 오는 괴로움을 느낄 수밖에 없는 삶을 살아간다.

미국의 교육학자이자 저술가로서 사랑의 가치를 강조한 강연으로 명성을 얻은 레오 부스칼리아Leo Buscaglia는 '세상에서 가장 되기 힘든 사람은 바로 남들이 바라는 자기 자신이 되는 것이다. 그 누구도 당신을 좌지우지하게 하지 마라'라고 했다. 하지만 가정과 직장 그리고 학교에서 나대로 나답게 산다는 것은 쉽지만은 않은 일이다. 나답게 사는 것과 관계에서의 존재 의미라는 이 두 사이에서 어디에 서야 할지 주도적인 판단과 결정이 어렵다. 삶에 대한 반응은 자동시스템화 되어있기 때문이다. 따라서 자존감이 약하면 그 부족한 부분을 채우게 되는 것은 두려움과 불안이다. 자기 자신 그대로의 가치로 살기에는 두렵고 불안하다. 남의 기대에 부응하면서 애써 자기 가치감을 이루려 하기 때문이다.

사실 나는 교회에 헌신된 자로서는 그 소양이 없다고 생각했었다. 작은 교회의 전도사로 있으면서 한계를 많이 느꼈고 자존감 또한 밑바닥이었다. 결혼으로 어느 만큼은 안정된 정서를 가질 수 있었지만 1년 만에 남편이 급성 암으로 사망하고 나는 유복자나 다름없는 애 하나 딸린 청상과부가 되었다. 나는 이것이 신의 부름과 무관하지 않다고 해석했기 때문에 전도사가 되었다.

하지만 나의 자존감의 뿌리는 썩은 채 생기를 빨아올리지 못하고 있었다. 내가 전도한 동네 한 분을 수요예배 때 모시고 가기 위해 매일 그 집을 방문했었다. 그런데 그분이 좀 질리셨는지 한번은 느닷없이 문밖에 서있는 나에게 욕을 하며 성질을 부렸다. 상처 많은 나는 영적 우위에 있음에도 불구하고 적잖이 상처를 받았다. 나의 상태에 스스로 실망감이 들었다.

당시 교회에서는 목사님보다는 사모님의 영향력이 더 컸는데 사모님은 피아노 학원을 운영하고 있었다. 나는 피아노라고는 바이엘 정도 밖에 칠 줄 모르는데도 사모님을 돕기 위해 학원의 유치부 아이들을 가르쳤다. 학원의 대부분의 아이들은 토요일과 주일에 교회에서 내가 돌보아야 할 아이들이었다. 교회에서 내가 해야 할 일들이 날이 갈수록 늘어났다. 힘든 것이 문제라기보다는 무엇이든지 교회에서 필요로 하는 일에는 최선을 다해 두 분의 목회사역을 조력하겠다는 생각이었는데, 그 짐이 계속 늘어나니 버거웠다. 그 때 너무 힘들었는지 밤에 집에 돌아오는 길에 건물 유리문에 비치는 내 모습을 보면서 하루에 10년씩 늙어간다고 생각했다. 그리고 '나는 뭐지?' 혹은 '나는 누구지?'라는 생각에 싸여있었다. 사랑 없이 무조건 맞추려고만 했기 때문에 열정도 긍지도 느끼지 못했던 것 같다. 그것이 나의 현주소였다.

영국에서 가장 빠르게 성공한 삼십대 초반의 백반장자로 여섯 권의 베스트셀러를 낸 작가 롭 무어Rob Roore는 그의 저서 ≪레버리지≫에서 '일반적인 것을 잃을 위험을 감수하지 않으면 평범한 것에 만족해야 한다. 자신의 비전과 목표에 맞추어 다른 모든 것을 제외하라'고 말했다. 또한 '매달릴 가치가 있는 일을 찾아서 하고 그 외의 일은 적당히 하라. 그리고 모든 사람의 비위를 맞추려고 애쓰지 마라. 버릴 것은 버려라.'고 했다. 자존감이 낮은 사람들은 양가감정을 가지고 있다. 갖지 못한 것에 대한 안달과 불안, 두려움, 그리고 가지고 있는 것에 대한 비교와 무시이다. 사실 남의 기대에 부응하려는 나와 타인은 정서적으로 서로 결탁되어 있다. 타인은 나를 자기 마음대로 통제함으로써 자기 욕구를 이루려는 것이고, 나는 그것을 들어줌으로써 나의 인정욕구나 욕망을 해결하거나 자기가치감을 가지려는 것 사이의 결탁인 것이다. 이러한 결탁 사이의 일은 마치 바닷물을 먹는 것처럼 채워지지 않는 갈증을 유발할 뿐이다.

나는 거룩하게 보여야 된다고 생각했기 때문에 매우 융통성 없고 고지식했다. 나는 교회밖에 몰랐고 속은 텅 비어있었다. 용서의 문제에 있어서도 나의 감정은 하나도 용서가 되지 않았음을 깨달은 것은 너무 많은 시간이 지나서였다. 나는 어려서 산 아랫동네에 주로 살았다. 요즘처럼 봄이면 분홍색 진달래가 한 무더기씩 여기저기 피어 정말 아름다웠고 한 아름 꺾어 병에 꽂아 놓기도 했었다. 봄이면 기온이 따뜻해지다가도 가끔 북서풍이 꽤 쌀쌀하게 불어 추워지는데 이 찬 바람에 여린 분홍 꽃잎들이 찢어지고 갈라진다. 또 살짝만 눌러도 짓이겨져 손에 물이 든다. 남의 기대에 부응하려는 노력은 이처럼 쉽게 찢어지고 상처 날 수 있다.

자기 계발 분야에서 가장 뛰어난 영향력이 있고 의식혁명을 제창한 세계적인 베스트셀러 작가이자 심리학자 웨인 다이어 Wayne W. Dyer 의 책 ≪행복한 이기주의자≫에 소개된 고양이 우화이다. 자기 꼬리를 잡으려고 따라다니는 새끼 고양이에게 어미 고양이가 물었다. "왜 그토록 네 꼬리를 따라다니는 거냐?" 새끼 고양이가 말했다. "고양이에게 가장 귀중한 것은 행복이고, 그 행복은 제 꼬리라는 것을 알았어요. 그래서 꼬리를 따라다니는 거예요. 내가 꼬리를 붙잡으면 행복을 얻게 될 거예요." 어미 고양이가 말했다. "아들아, 나도 그런 우주 섭리에 관심을 가진 적이 있단다. 나도 행복이 내 꼬리 안에 있다고 생각했지. 하지만 내가 꼬리를 따라다닐 때마다 꼬리는 계속 내게서 멀어지기만 할 뿐이었다. 그런데 내가 바쁘게 일을 하자 꼬리는 내가 가는 곳이면 어디든 따라오더구나."

05

지나간 과거와 작별하라

어느 누구도 과거로 돌아가서 새롭게 다시 시작할 수는 없다. 그러나 지나간 과거와 작별하고 지금부터 새로 시작할 수는 있다. 과거의 기억들은 끈질기게 우리를 붙잡고 끌어내린다. 우리 마음이 치유되어야 되는 많은 부분은 우리의 뿌리, 곧 과거에 있다. 트라우마가 되는 이 과거의 기억들에 대해서 우리는 자유롭게 되어야 한다.

사람들은 과거의 불행에서 벗어나 자유롭기를 원한다. 그럼에도 불구하고 대부분의 사람들은 과거의 힘들었던 기억이 떠오를 때마다 슬퍼하거나 분노하고 노여움이나 섭섭한 감정이 올라오는 것을 그냥 방치하고 있다. 더 심각한 것은 과거의 그러한 것들이 현재의 삶에 부정적인 영향을 미치고 있다는 것이다. 우리 마음속에는 수많은 기억들이 쌓여 있다. 기억은 우리 뇌에 입력된 정보들이다. 뇌는 컴퓨터와 같은 기억장치인데 어떤 기억들은 깨진 유리조각처럼 우리 마음에 상처를 내고 아프게 한다. 대부분은 해소되고 정리되지만 이해되지 않고 해석되지 않은 기억들도 있다. 그러한 기억들은 잠재의식 속에 남아 지속적으로 우리의 삶을 왜곡시키기도 하고 건강하지 못한 방향으로 나아가게도 한다. 어떤 일을 겪었을 때의 감정은 과거 시점에 그대로 남아 있어서 자기 삶의 전반적인 주 감정으로 작용하기도 하는 것이다.

어느 날 남편과 드라이브를 하면서 남편이 어렸을 때 겪은 일을 이야기했다. 시골에서 살았는데 그 동네는 같은 성씨들이 주로 모여 살았다고 한다. 그래서 대부분의 마을 사람들은 일가친척으로 이루어져 있었는데 유독 남편의 집만 단독 가구였다. 한 번은 남편이 동네의 한 아주머니에게 호되게 맞았다. 이유는 그 집의 여자아이를 놀렸기 때문이었다. 문제는 그 일을 알면서도 가족들이 아무도 그 아주머니에게 항의를 하지 못했다는 것이다. 그 이야기를 하면서 나이 50이 넘은 남편이 눈물이 나온다며 손등으로 눈물을 씻어 내렸다. 그 어린 시절에 당한 감정이 아직도 눈에 눈물이 나오게 하는 것을 보고 나도 마음이 아팠다. 시댁에 가서 그 일에 대해서 물어보니, 그 동네에 지주와 같은 아주머니여서 무슨 짓을 해도 항의하기가 어려웠던 상황이었다고 한다. 만성적인 우울증이나 저조한 자신감 등 심리적인 문제를 가지고 있다면 대개는 해결되지 않은 과거의 기억에 묶여 있는 부분이 있어서다. 자기 안에 아직도 해결되지 않은 미제 사건이 있기 때문에 자신을 변화시키려는 여러 가지 노력에도 불구하고 개선되기가 힘든 것이다. 왜냐하면 이것은 뿌리의 문제이기 때문이다. 깊은 마음의 뿌리에 자리 잡고 있는 이러한 상처의 씨앗이 있다면 이것을 건져 올려 꺼내 보아야 한다. 그 일에 대한 있는 그대로의 인정과 새로운 시각으로의 해석과 용서가 이루어져야 과거와 작별이 되고 마음속의 눌림이 풀어져 새로운 삶과 관계 속으로 들어갈 수 있다.

과거를 치유하기 위해서는 아픈 과거 속으로 다시 한 번 들어가 보는 것이 필요하다. 이 과정의 어려움은 그때의 아픔이 고스란히 다시 느껴지기 때문에 아픔과 분노, 눈물, 섭섭함, 절망감이 마치 현재처럼 되살아난다는데 있다. 그러나 되살아난다면 그 감정을 피하지 말고 충분히 직면하라. 눈물이 나오면 울고 분노가 올라오면 분노를 표현하라. 그러나 성숙한 방법으로 하라. 직면은 인정한다는 뜻이다. 사람은 속일 수가 없다. 밝아 보이는 사람도 어딘가 모르게 어두운 것 같다는 말을 들어 본 적이 있는가? 자신감이 넘쳐 보이는데 허세 끼가 있는 사람도 있다. 아닌 것처럼 살아도 다 냄새가 난다는 것을 잊지 말자. 이제 직면해보자. 그리고 '나 마음이 아프구나!' '화가 나는구나!' '슬프구나!'하고 올라오는 감정을 다 그대로 느껴주고 알아주어라. 수치감도 죄책감도 인정하라. 그리고 나서 과거의 사건에 대해서 객관적으로 다시 한 번 생각해볼 기회를 가져보라. 피해의식을 가지고 있을 때는 나의 해결되지 않은 욕구에만 집착하고 있기 때문에 잘 모른다. 나도 부족하고 남들도 부족하다는 것, 그리고 나도 다른 사람에게 가해자의 입장이 될 수 있다는 것을 말이다.

우리 형제들은 다 독립적이며 서로에게 짐 지우는 일이 없다. 명절과 아버지 생신, 그리고 어머니 기일에 모여서 식사하면서 감사하고 즐거운 이야기만 한다. 가식적인 것이 아니라 서로가 절제하며 진심으로 위해주는 마음만 가지고 서로의 마음을 제한한다고 느껴지는 가족모임이다. 그런데 언젠가 오빠가 이런 이야기를 했다.

평생에 그리고 지금도 종종 꾸는 꿈이 있다고 하며 하얀 눈 덮인 시골 마을에 아주 어린 자기가 신작로에 나와서 목이 터져라 울면서 엄마를 찾는 꿈이라는 것이다. 어렸을 때부터 자주 꾸는 꿈인데 초등학생 때 이 꿈 이야기를 엄마에게 했다고 한다. 그런데 엄마가 이 이야기를 듣고 깜짝 놀라시며 오빠가 막 걸어 다닐 수 있는 정도의 어린아이였을 때 엄마가 아버지에게 잠든 오빠를 맡기고 친정에 다니러 가셨다고 한다. 그런데 아버지는 잠든 아이를 놓아두고 집을 나가셨고 오빠는 혼자 아침에 깨어 온 세상이 하얗게 눈이 덮인 신작로에 나와서 울고 다녔다는 것이었다. 그 일은 오빠가 기억하지 못할 정도로 어렸을 때의 일이라 엄마가 듣고 놀라셨다고 한다.

나는 계속 이 꿈 이야기를 생각해 보았는데 하나 떠오르는 장면이 있었다. 그것은 어머니의 장례식장에서의 일이었는데 마지막 엄마의 얼굴을 보고 관 뚜껑을 덮으면서 장례사는 마지막으로 한마디씩 하라고 말했다. 이때 오빠가 큰 소리로 '엄마 사랑해요!'라고 외쳤던 장면이었다. 그러고 보니 성장하면서 오빠는 한 번도 엄마를 속상하게 한 적이 없었다는 생각이 들었다. 가만히 생각해보니 '아버지의 무심함과 경제적인 어려움으로 엄마가 너무 힘들면 자기를 놓고 떠날 수도 있다는 두려움과 불안증이 있지 않았을까!'하고 생각해 보았다. 중요한 것은 나는 나에게 상처를 줬던 오빠의 삶에 대해서는 한 번도 깊게 생각해 본적이 없었다는 것이다.

마인드셋 독서코칭전문가, 경연컨설턴트, 마음습관코치로 활동하고 있는 ≪마음 습관의 힘≫이라는 책의 정은선 작가는 8년 동안 함께 일한 지도 교수와의 관계에서 두 번이나 암에 걸릴 정도로 힘들게 지내온 과정을 이야기하면서 '마음의 짐을 모두 털어 버리려면 어떻게 해야 할까에 대하여 과거의 사건을 재해석하라.'고 썼다. 오빠의 삶 속으로 들어가서 오빠의 사건을 이해해보니 나의 사건도 재해석이 되었다. 물론 오빠가 잘못한 것들이 있지만 그 피해라고 생각했던 것들 속에서도 내가 취할 수 있는 소중한 것들이 있었다. 그것은 상처받은 마음에 관한 통찰력이고 인생에 대한 공감력이며 나의 내면으로 깊이 들어갈 수 있었던 자기성찰이 그것이다.

또 하나 중요한 것은 나도 누군가에게는 이렇게 가해자가 될 수 있다는 것을 간과해서는 안 된다는 것이다. 사람은 다 자기만의 상처를 안고 살고 있기 때문에 나도 내 상처로 다른 사람에게 상처를 주었을 수도 있다. 나는 특히 우리 아이들에게 상처를 많이 주었다. 자기의 과거를 객관적으로 볼 수 있어야 자기 삶을 주체적으로 살 수 있고, 과거와 작별하고 더 성숙한 모습으로 나아갈 수 있다.

06

감정 리모컨 찾아내기

상담학 사전에서는 감정을 실제 경험에 대해 느끼는 감정과 그 감정에 대한 스스로의 판단인 감정, 이렇게 두 영역으로 나누었다. 나는 언제부터 우울증이 있었는지 잘 모른다. 그냥 나이가 들어 생각해보니 어릴 때부터 만성적으로 우울증이 있었던 것 같다. 우울증의 증세 중 하나는 희노애락을 잘 못 느끼는 것이다.

감정은 출생 초기부터 서서히 여러 감정으로 분화하면서 발전하는데 이러한 감정의 분화 발전은 경험과 교육을 통하여 영향 받는다. 그 자연 발생적인 감정상태에 대하여 우리는 그것을 당연한 것으로 받아들였다. 그리고 감정에 대한 의문을 제기하지 않은 채 살아왔다. 감정을 나와 동일시함과 동시에 나의 감정을 나도 어찌하지 못한다는 것 때문에 괴롭기도 했다. 때로는 '내 감정이 이러니 나도 어쩔 수 없어요.'를 핑계 삼아 부적절한 화를 정당화하거나 자신에 대한 학대나 비하도 서슴지 않았다. 내 감정은 남의 것이 아니라 내 것이며 내가 책임지는 것이고, 나에게 선택권이 있다는 것을 깨닫지 못했다.

나는 전장에서 말한 것처럼 기도하는 나와 기도하는 것을 보는 내가 있는 것을 경험한 계기로 나와 내 감정을 분리하기 시작했다. 그리고 내가 나의 감정을 선택할 수 있다는 것도 알게 되었다. 그러나 이것을 알았다고 해도 연습할 때 잠깐은 되는 것 같았다가도 지금까지 살아온 습관에 따라 본능적으로 나와 나의 감정이 동일시되는 시간들을 많이 보냈다. 내가 아는 것에 그치는 것이 아니라 아는 것이 자동으로 나오기까지 훈련되는 데에는 시간이 많이 필요했다. 삶에 대한 반응은 언제나 자동 시스템화되어 있기 마련이기 때문이다. 그런데 문제는 또 있었다. 나는 나의 지속적인 슬픈 감정이 나의 상처로 인한 억울함을 슬픈 감정으로 말하고 있다고 깨달았다. 그러면 나는 왜 계속 억울한 감정을 가지고 있는지 생각해 보았더니 그 억울한 감정은 현재 나의 무능함에 대한 변호이자 내 인생이 상처받아서 이렇게 되었다는 식의 핑계로 딱 좋았다. 그리고 그 탓을 하는 이유는 나태하게 살면서 원래는 내가 괜찮은 사람인데 '다 오빠 탓이다. 엄마 탓이다.'하며 슬프고 억울한 감정을 내려놓고 열심히 살아야 되는 수고를 감내하지 않아도 되기 때문이었다. 그것은 결국 편하게 살고 싶은 나의 욕구에 원인이 있었다. 이렇게 양파처럼 감정 아래에 감정이 겹겹이 있으니 내 슬픈 감정들의 진실을 알기가 쉽지 않았다. 그리고 내가 슬픈 감정이 있으니 나는 슬프다만 외쳤다. 그래서 나는 감정 리모컨을 가지고 나의 감정의 진의를 알아야겠다고 생각하게 되었다. 그리고 내가 원하는 감정, 즉 긍정적이고 생산적인 좋은 감정으로 감정 리모컨을 작동시킴으로서 진짜 괜찮은 나로 만들어 가야겠다고 생각했다.

남편은 욕을 잘하며 화를 잘 내는 사람이다. 결혼하고 나서 며칠 만에 본색을 딱 드러냈다. 침대에 나란히 누워있었다. 그런데 남편이 혼잣말하듯이 직장에 대한 이야기를 하면서 들어보지 못한 욕들을 해서 깜짝 놀랐다. 그 날 이후 계속 남편을 달래고 설득하였지만 남편의 그런 말버릇은 고쳐지지 않았다. 너무나 화가 나서 나중에는 나도 같이 욕을 해 버렸다. 그 모습을 본 어린 딸이 주일 예배 설교시간에 그 욕을 따라 하는 바람에 창피를 당하기도 했다. 한번은 교회에서 남자들끼리 축구를 하는데 남편이 찬 공을 목사님이 놓쳐버렸다. 아차! 하는 순간에 남편은 목사님께 욕을 날려버려 목사님을 당황하게 만든 일도 있었다. 또 날씨 때문에도 자주 화를 냈는데 비 오면 비 온다고, 더우면 덥다고, 심지어 눈이 오면 눈에다 대고 욕을 하는 남편이었다. 또한 남편은 어둡고 부정적인 내

용의 꿈들을 꾸었다고 말하며 틀림없이 무슨 일이 일어난다며 나를 긴장시키곤 하였다.

이런 경험들을 하면서 나는 부정적인 생각과 마음 상태에 있는 사람에게 부정적인 일들이 끌어 당겨진다는 것들을 느꼈고 긍정적인 면을 보고 생각하도록 노력하라고 말했지만 소용없었다. 하지만 나는 많은 부분에서 회복되고 있으면서 남편의 상태를 더 잘 볼 수 있었다. 나는 남편에게 긍정적이고 밝은 성공적인 삶을 살아가는 모습을 상상하며 이제부터 '나는 긍정적이고 밝은 나를 선택합니다.'라고 되뇌어 말하고 긍정적이고 밝은 감정의 리모컨을 작동시키라고 말했다. 이런 과정을 불과 서너 번 정도 거쳤는데 그 뒤로는 획기적으로 그 오래된 뿌리가 뽑히기라도 한 듯 좋아졌고, 그 어두운 감정의 메커니즘이 발동되는 일이 현저히 줄어들었다.

낮은 자존감의 문제는 낮은 자존감에 해당하는 감정들의 문제다. 따라서 자존감을 높이기 위한 근간으로 감정의 문제는 중요하다. 감정은 하루아침에 생기는 것이 아니다. 발생하게 된 경위와 이유가 있다. 발생된 감정은 직접적인 발생 감정과 그 감정을 포장하려는 위장을 위한 감정으로 혼재되어 있기 때문에 이 감정을 왜 느끼는지 모르거나 무슨 감정을 느끼고 있는지 그 자체도 모를 때가 있다. 그냥 막연한 감정일 때도 있고 말로 설명하기 어려울 때도 있다. 무심결에 어떤 감정이 지나가 버릴 때도 많다. 나는 요즈음 감정이 살짝살짝 지나갈 때마다 그것을 알아차리려고 노력한다. 이렇게 하다 보면 제법 빠른 시일 안에 감정 리모컨을 작동시킬 수 있다. 내 감정을 알고 바로 내가 원하는 건강한 감정으로 작동시킬 수 있다. 낮은 자존감에 해당하는 감정들을 끌어올려 주는 것이다.

감정을 알아채고 이름을 불러 주는 것만으로도 감정 리모컨이 반은 작동된 것이다. 명확하지 않더라도 괜찮다. 최근에 미처 알아보지 못한 감정과 관련하여 또 하나 찾아낸 것이 있다. 나는 혼자 시장에 가서 장을 봐올 때 무겁게 산 물건들을 들고 오면서 자주 느끼는 감정이 있었다. 그것은 울고 싶은 감정에 가까운 것이었다. 정신없이 바쁠 때는 괜찮았지만 좀 여유롭게 장을 보고 특히 무거운 짐을 들고 있을 때 미치도록 울고 싶은 애매모호한 설명하기 어려운 감정이 있었다. 이 사건에 집중하다가 딱 건져 올려지는 빛바랜 사진 한 장 같은 장면을 보게 되었다. 나는 어렸을 때 엄마와 함께 있었던 기억이 별로 없다. 그 사진에서도 엄마는 없었고 큰집으로 들어가는 시골 동네 골목에서 나와 동생 둘이 있었다. 나는 유치원생 정도의 어린 아이였는데 옆에 있는 남동생이 아이를 업는 포대기를 들어 받치고 있었고, 나는 동생인 갓난아이를 등에 업고 그 아이가 떨어질까 봐 안절부절 하며 등을 구부리고 있는 장면인데 딱 거기서 화면이 멈춰있었다. 어린아이의 삶의 무게에 대한 슬픈 감정이 이거였나 싶었다. '그랬구나. 많이 힘들어서 슬펐구나!' 그런 생각이 들었다. 그렇게 알아봐 주고 인정해 주니 신기하게도 그 뒤로는 그 증세가 없어졌다.

감정 리모컨은 내가 주인이다. 내가 내 감정을 알아봐 주고 채널을 다른 곳을 선택하여 다른 번호 키를 누를 수 있다. 그렇게 되기 위해서는 내 감정을 잘 알아차리는 것이 중요하다. 나는 표면적 감정보다 저변에 깔려 있는 이면적 감정을 더 잘 느껴보려고 노력한다. 그리고 알아차리게 된 이면적 감정은 일기장에 기록한다. 쓰면서 더 잘 정리가 된다. 알아차리고 써서 정리함으로써 무의식의 정보를 바꿔주는 것이다. 감정 리모컨은 내가 주인이다.

07

자존감, 멈추고 들여다보기

삼성그룹 이건희 회장 명언록에 '자꾸 막히는 것은 우선멈춤 신호이다. 멈춘 다음 정비하고 출발하라'라는 말이 있다. 나는 나의 삶에서 참으로 이상한 것을 발견했는데 그것은 좋아질 미래를 꿈꾸며 잘 될 것 같다가도 다시 곤두박질 쳐지듯이 나락으로 떨어져 원점으로 돌아와 제 자리 걸음을 하는 것과 같은 삶이 반복된다는 것이었다.

이것을 깨달았을 때 왜 이렇게 되는지 고민이 되었지만 뾰족한 답이 생각나지 않았었다. 어쨌든 그 이유를 알고 바로 잡아야 한다고 생각했다. 살아가는데 있어서 어떤 고통스러운 감정으로 인한 힘든 부분이 있는가? 삶이 행복하지 않다고 느껴지고 의미가 없다고 느껴지는가? 무기력한가? 관계의 어려움으로 인한 문제가 계속 반복이 되는 일이 있는가? 되는 일이 없는 상태가 반복되는가? 이런 일련의 문제가 계속된다면 삶을 우선멈춤 하라. 그리고 잠깐 멈추고 자신을 들여다보기 위한 시간을 가져보면 어떨까?

나는 내가 사는 것이 아니라 살아지는 대로 살아왔다. 기류에 흘러가는 대로 떠밀려 살았다. 그런데 그 기류는 악순환을 반복했다. 그 기류는 내 마음의 흐름 경향이었다. 그 흐름 경향을 살펴보았을 때 그것은 상처받은 아이가 내 안에 있고 나의 성장된 몸을 통해서 자라지 못한 채 해결되지 않은 아이의 마음으로 반응하는 방식의 삶이었다. 그것은 사랑과 돌봄과 애착이 충분히 충족되지 않은 나에 대한 보상을 필요로 하는 것들이었다. 그래서 타인의 시선을 신경 쓰며, 인정받고 싶어 하며, 무엇이든 잘하고 싶었지만 결국 실패할 것이라는 자기 평가로 무기력에 빠져들곤 했다. 나는 잘 안될 것이라고 기대라도 하듯이 매사에 부정적인 동시에 속마음으로는 높은 이상과 헤아릴 수 없는 욕망과 야망을 꿈꾸곤 했다. 나는 유학의 기회도 있었고, 공공기관에서 계약직으로 일하면서 공무원이 될 기회도 있었고, 신문사나 기독교 관련 기관에 들어갈 기회도 있었지만 그때마다 나는 뒷걸음질 쳤다. 그리고 건강 문제와 경제적인 어려움의 문제가 반복되었다.

나에게는 정말 우선 멈추고 나의 삶에 대해서 들여다봐야 할 만한 필요성이 있었다. 하지만 우선은 나에게 우선멈춤의 의식 자체가 없었고 그 사이 나는 첫 번째 결혼과 사별, 그리고 재혼으로 남편과의 힘든 삶의 끝에 서서 겨우 이제야 우선멈춤하고 나를 들여다보기가 되었다.

O씨는 직장을 수도 없이 옮겨 다닌다. 1년만 지나면 자기를 더 알아주고 보수를 더 줄 직장을 찾아 헤맨다. 가난에 대한 불안이 있고 빨리 돈을 벌어야 한다는 강박과 함께 늘 자기에게 돈을 더 줄 다른 직장을 알아봐야 한다고 했다. 나아지지 않는 삶의 문제를 반복한다. 또 다른 나의 지인의 남편 J씨는 돈이 안 되는 사업을 계속한다. 돈을 벌려는 사업이라기보다는 망하려고 하는 사업이라는 생각이 들 정도였다. 그런데 그 사업을 거의 평생 한다. 대부분의 사람들은 자기의 어떤 굴레 같은 것을 잘 알지 못한 채 살아가고 있다. 작게라도 일부 이런 부분이 사람마다 있을 수 있다. 왜냐하면 인생에 반응하는 방식이 여전히 같은 패턴으로 반응하기 때문이다. 이 흐름을 끊으려면 우선멈춤 할 필요가 있다. 그리고 이제까지 살아온 자신의 삶을 깊이 있게 들여다보고 재 조정해볼 시간을 가져야 한다. 우리의 삶에 대한 반응 방식에 대해서는 가장 중요한 것이 자존감이다. 그 자존감의 수준이 나의 삶의 방식을 결정하고 똑같은 반응으로 쳇바퀴 돌아가는 상황을 만들어 악순환이 계속되기 때문이다.

나의 자존감의 정도는 어떻게 될까? 인터넷에서 자존감을 검색하면 많은 관련 자료가 있지만 우선 방법보다 더 중요한 자존감의 뿌리부터 살펴보는 것이 좋다. 낮은 자존감에는 그 원인이 있고 그 원인은 내 안의 상처와 연결된 부분이니 상처 치유는 필수적인 과정이라고 생각한다. 크게 상처라고 생각지 않았던 문제라 하더라도 미쳐 이해되지 않은 채 지나간 일들은 트라우마로 남아서 그 이후의 삶에 영향을 주게 된다. 자존감을 높이는 방법 그리고 자존감이 왜 낮은지 많은 공부를 하고 또 안다고 하더라도 치유되지 않으면 소용이 없다. 긍정적인 삶의 방향으로 자기 삶을 주도적으로 이끌고 갈 정서적 힘이 없기 때문에 늘 작심삼일 그리고 또 작심삼일일 뿐이다. 물론 작심삼일인 사람 모두가 자존감이 낮다고 볼 수는 없다. 하지만 아마도 자존감이 회복되지 않는다면 무기력에 쉽게 바빠질 수 있고 자긍심이 부족하며 '이런다고 뭐가 되겠어!'라는 마음이 들기 쉬울 것이기 때문이다. 이것은 지금까지 내가 평생에 걸쳐 격어 왔던 부분이기도 하다.

곤충학자 루이저 로스 차일드 박사의 병 속에 든 벼룩의 행동 실험이 있다. 병 속의 벼룩들은 병뚜껑이 열린 상태에서는 높이 뛰어 병 밖으로 튀어 나간다. 그러나 뚜껑을 삼일 만 닫아 놓으면 높이 뛰어올랐다가 병뚜껑에 부딪히는 불쾌한 경험들을 한 벼룩들이 하나둘씩 조금만 뛰는 것으로 자기를 제한하게 되고 후에는 병뚜껑을 열어 놓아도 벼룩은 병 밖으로 튀어나가지 않는다.

우리는 태어나서 지금까지의 삶의 과정에서 여러 가지 제한을 당한 경험이 있을 것이다. 하고 싶은 것들을 제지당하고 뭔가 하려고 할 때 무시당하고 격려받지 못하고 심지어는 폭력이나 왕따를 당하기도 한다. 이런 비난과 비판과 같은 불쾌한 경험들이 쌓이면 그저 딱 그만큼만 하고 살아야 위험하지 않다고 감지하고 '더하면 위험할 수 있어!'라며 자신에게 선을 긋게 될 것이다. 그리고 이렇게 자신을 한계지은 것들이 자동화되어 무의식적으로 스스로를 무능한 자신으로 설정해 놓았을 수 있다. 하지만 우리 모두는 독특하고 특별한 존재다. 존귀한 존재다. 그러므로 자기 안의 감추어진 능력과 특별한 재능을 발휘할 수 있다는 것을 믿어야 한다. 도리어 그런 트라우마가 있기 때문에 더 나은 사람이 될 수 있는 특별하고 탁월한 자기만의 재료를 획득한 것이 될 수도 있다.

자신을 어떻게 들여다보는가? 임상심리전문가 조영은의 저서 ≪마음의 무늬를 어루만지다.≫를 보면 '첫째는 타고난 나를 이해해야 한다. 선천적인 기질적 측면, 또는 성향과 성장과정의 취약한 부분 등을 이해해보는 것이다. 둘째는 과거의 기원을 떠올려 보는 것이다. 그것은 과거의 트라우마로 인해 현재의 삶이 지배당하지 않아야 하기 때문이다. 셋째는 과거로 인해서 현재 어떤 감정이 일어나는지 살펴보는 것이다. 상실감,

불안감, 위협감과 같은 무의식적 감정 반응에 휘둘리지 않고 내 삶의 주인이 되어야 하기 때문이다. 넷째는 어떤 행동을 반복하는지 인지하는 것이다. 회피성 술이나 게임 등에 중독되어 있지는 않은지, 또는 관계에 집착하는지 등이다. 다섯째는 되풀이되는 패턴이 있는지 깨닫는 것이다. 여섯째는 다른 행동을 취해봄으로써 해롭지 않은 방식으로 한번 다뤄보는 것이다. 일곱째는 불안정한 사람과 사랑에 빠지는 것을 주의해야하며 편안하고 안정된 우정이 밑바탕인 관계를 맺으며 상대방을 믿어주라.'라고 한다.

나는 몇 년 전 어느 초겨울쯤 위장장애로 한동안 거의 식음을 전폐하고 죽을 것 같이 힘들었을 때가 있었다. 그 때 정말 마지막이라고 생각하고 나의 삶을 현재의 시점에서 시간을 거꾸로 되돌려 엄마 뱃속까지 갔다가, 다시 현재의 시간까지 거슬러 올라오며 온전히 나를 보는 시간을 가지게 되었었다. 이제 와 생각해보니 그 이후로 위와 같은 과정들을 거치면서 나의 자존감이 뿌리부터 회복되는데 도움이 되었던 것 같다. 자존감 회복을 위해서 자기를 들여다보는 것, 곧 자기성찰을 위해 우선멈춤하고 나를 되돌아보는 시간을 갖는 것은 매우 중요하다고 생각한다.

4장

• • •

자유롭고 행복해지기 위한 7가지 자존감 수업

01

매일 감사 일기가 생각을 바꾼다

나에게 감사를 가르쳐 준 귀한 분이 계시다. 청년부에서 만난 교회 오빠가 아닌 교회 언니다. 매우 작은 키에 둥글고 큰 호수 같은 눈빛을 한 언니였다. 성품도 매우 온유하고 평화로워서 평상시 표정이 평온하고 말수가 적었다. 나는 감사에 대한 설교를 매우 많이 들었음직도 한데 나의 가정에서 감사를 배우지 못했기 때문에 그런 단어조차 모르는 것처럼 낯설었던 청년의 때였다.

하루는 집 방향이 같은 언니와 함께 집으로 돌아오는 길에 언니에게 내가 이렇게 말했다. "언니, 나 마법에 걸렸어. 귀찮아 죽겠어." 그랬더니 그 언니는 나를 올려다보며 미소 띤 얼굴로 "은순 자매! 감사해!" 나는 예상치 못한 반응에 속으로 놀랐다. 나의 말에 맞장구를 쳐줄 줄로 알았기 때문이다. 하지만 언니는 설명한 대로 매우 온유하고 평온했고 그렇게 말했을 때 그 언니가 나와는 다른 세상에 있다는 것을 느꼈다. 그리고 며칠 뒤 언니가 교회에서 대표기도를 했다. 언니는 이렇게 기도했다. "5월에 빨간 담쟁이 덩굴장미를 주신 하나님께 감사합니다." 나는 그 기도를 듣고 그 언니가 너무 멋져 보여서 서서히 그 언니의 감사 세계에 매료되었고 감사를 배우기 시작했다.

우리 가족은 담화를 좋아하시는 아버지 덕분에 이불 하나를 가운데 두고 다리를 모아 덮고 다 같이 얼굴을 맞대고 하하호호 웃으면서 추운 겨울을 즐겁게 보내곤 했다. 하지만 아버지가 집을 나가신 이후로는 우리 가족은 충격을 받았고 집안은 우울하고 어두웠다. 그런 즐거운 분위기는 산산이 부서져 없어지고 감사를 잊고 산지 오래 되었기 때문에 언니의 그 말이 새로운 생각의 전환을 가져다주었다. 그뿐만이 아니라 그 언니는 내가 부정적인 견해로 시작한 말들을 다 감사로 바꾸었다. 그래서 나도 힘들 때에는 그리고 무언가 모르게 답답하고 막막할 때에는 감사로 생각을 달리 해보곤 했다.

나는 무기력증과 불면증이 있었는데 언니를 만나고 잠을 자기 위한 주문들 중 하나로 '감사합니다.' 천 번 하기 같은 것을 했었다. 때로는 낮에도 '~해서 감사합니다.'를 하고 출근할 때도 했다. 후에 나는 결혼 한지 1년 만에 사별을 하게 되었을 때 처음으로 그 언니를 방문하게 되었다. 그 언니네 집에서 자고 나오면서 언니가 나에게 이렇게 말했다. "은순 자매! 감사해!" 나는 "감사하라고? 근대 이 마당에 무슨 명목으로 감사해야 돼?"했다. 그랬더니 그 언니는 그냥 나를 올려다보며 웃었다. 그때도 그 언니의 표정은 평온했다. 나는 그 언니의 표정과 평온함에 압도되어 감사에 대한 당위성을 느꼈다. 그렇게 또 단계 높은 감사를 배웠다.

우리는 너무나 단순한 우리 감정의 시선 처리조차 나를 위해서 어떻게 해야 좋은지 모르는 어리석은 떼쟁이 어린아이와 같다. 감정은 그 기운이 들어오는 문이다. 나는 남편이 자기 속에 있는 피해의식과 부정적인 생각과 비난과 욕설들을 쉴 새도 없이 무한 반복으로 쏟아낼 때 신뢰와 믿음을 줌으로써 그에게 있는 어두운 감정들을 몰아내기 위하여 많은 노력을 기울였다. 남편도 나처럼 많은 시간들을 보내면서 감사를 배워나갔다.

감사하지 않는 자들에게는 이상한 고집이 있다. 그것은 '내가 옳다.'는 고집이다. 대개는 '감사가 돼야 감사하는 거 아닌가!' '감사가 안 되는데 어떻게 감사해!' '내가 이렇게 억울한데 어떻게 감사해!' '나는 피해자인데 뭘 감사해!' '이렇게 가난한데 어떻게 감사해!'등 감사하지 않은 이유를 셀 수 없이 많이 댄다. 그리고 '누구네 자녀가 취업했다.' '인 서울 대학을 갔다.' '사업이 잘된다.'등 이런 말을 들으면 속으로 괜히 주눅이 든다. 그리고 감사하기에는 자신이 너무 초라하게 느껴진다. 감사는 관점을 바꾸는 일이다. 관점을 바꿀 수만 있다면 삶에도 좋은 기운을 끌어당길 수 있다. 긍정적인 일들이 생기고 정말 감사한 일들이 생긴다. '웃으면 복이 와요'라는 오래전 코미디 프로그램 제목처럼 감사도 감사가 되어야 감사하는 게 아니라 감사하는 사람에게 감사할 거리가 따라온다.

나는 감사일기를 쓴다. 감사일기는 아침에 쓰는 것이 좋다. 밤에 써도 괜찮다. 편안한 마음으로 불필요한 감정 없이 안정감을 가지고 기분 좋게 실천할 수 있도록 해보면 좋다. 아침에 일찍 일어나서 감사일기를 쓰는 것을 지속적으로 잘하기 위해서 같은 목표를 가진 커뮤니티를 이용하는 것도 좋다.

감사일기는 첫째, 긍정 평서문으로 쓰며 끝에 '감사합니다.'를 붙이면 된다. 일상의 모든 것을 감사하면 된다. 예를 들면 '1.햇빛을 주셔서 감사합니다. 2.고양이가 가족들하고 점점 더 소통이 잘되는 것 같아서 감사합니다. 3.오늘 휴무여서 감사합니다.'와 같이 하면 된다.

둘째, 힘들고 어려운 일이 있을 때는 관점을 뒤집어 감사일기를 쓴다.

무조건 뒤집어 보라. 다쳐서 2~3일 병원에 입원하게 되었다면 거두절미하고 '덕분에 푹 쉴 수 있어서 감사합니다.'하거나 '생각을 정리할 수 있는 시간을 주셔서 감사합니다.'와 같이 하면 된다.

셋째, 확언을 감사일기로 쓸 수 있다. 자기가 원하는 바나 긍정 마인드나 성공마인드를 담아서 이루어진 상태로 느끼며 쓰면 된다. 예를 들면 '1.나는 점점 건강해지고 있어서 감사합니다. 2.나는 점점 부자가 되어 가고 있어서 감사합니다. 3.딸이 원하는 대학에 입학해서 감사합니다.'와 같이 할 수 있다.

넷째, 일상의 일기를 감사일기와 접목해도 좋다. 예를 들면 '1.남편이 새로운 거래처가 생겨서 계약을 하겠다고 한다. 얼마나 유지될지 그리고 마진이 좋은 계약인지 습관처럼 걱정이 앞서지만 나는 너무 잘 됐다고 말하며 축하했다. 남편에게 마진율이 좋은 거래처가 새로 생겨서 감사합니다. 2.몸살이 나서 직장에 나가기 힘든데 근무일이라 출근을 했다. 약을 먹으니 견딜 만 했다. 직장이 있어서 감사합니다.'와 같이 하면 된다.

다섯째, 감사일기에 감정 알아차림 일기를 덧붙여도 좋다. 이 부분은 내가 미처 깨닫지 못했던 나의 모습이나 감정에 대해서 쓴다. 예를 들면 '1.나는 오늘 책을 읽다가 엄마 생각이 잠깐 났는데 엄마 생각을 하면 항상 감정상의 어색함이 느껴진다. 그러고 보니 대인관계에서 내가 느끼는 감정이 주로 어색한 감정인 것 같다. 점점 관계의 즐거움에 빠질 수 있어서 감사합니다. 2.며칠째 아들에게 전화를 할까 말까 망설인다. 왜냐하면 아들을 내 생각으로 통제하기 위한 간섭과 명령을 자꾸 하게 되기 때문이다. 그 감정이 무엇일까를 생각해 보았는데 그것은 노파심이었다. 이제 아들을 믿음으로 대하게 되어 감사합니다.'와 같은 식으로 쓸 수 있다.

감사일기는 보는 관점을 바꾸는 것이며 감정 알아차림 일기는 감정 아래의 이면 감정을 깨달아 자신의 잘못된 부분을 수정해 나갈 수가 있어서 좋다. 처음에는 단순하게 쓰다가 습관이 되면 점차 복합적으로 써보면 좋다. 두 번의 암을 겪고 나서 내면과 깊은 대화를 나누게 되었던 마음습관코칭을 하고 있는 김은선 작가도 그의 저서에서 '가장 힘든 순간, 가장 감사할 수 없는 순간에 감사했다.'고 고백했다. '감사해서 감사했고 감사한 일이 떠오르지 않으면 그럼에도 불구하고 감사한다고 했고 부정적인 마음이 엄습할까 두려울 때 일부러 감사하다고 수도 없이 되뇌기도 했다.'고 한다.

세계적인 자기계발 분야 베스트셀러 작가인 루이스 헤이Louise L. Hay도 ≪치유≫라는 저서에서 '아침에 10분 정도 자기 인생에서 감사하게 생각하는 부분을 빠짐없이 떠올리며 고마워하고 모든 일이 다 잘되고 즐거운 하루를 보내게 될 것이라고 확신하면서 하루를 디자인한다.'고 썼다. 매일 감사일기로 생각을 바꾸면 자존감이 바뀐다. 삶이 바뀐다.

02

나와 상대방의 부족함을 인정하라

≪기적의 과정 A Course in Miracles≫이라는 책에 '모든 병은 용서하지 않으려는 상태에서 비롯된다. 아플 때마다 주위를 살펴보고 용서해야 할 사람이 누구인지 찾아볼 필요가 있다.'고 했다. 자존감이 낮을 때에는 반드시 용서의 문제가 결부되어 있다고 믿는다. 모든 것은 관계의 문제이다. 먼저 나 자신과의 문제에서 출발한다. 첫 번째 던져야 하는 질문은 '나 자신을 사랑하는가.'이다. 자존감이 낮은 우리는 어쩌다 자신을 사랑하지 못하게 또는 자신을 조금밖에 사랑하지 못하게 되었을까?

심리 상담을 받으면서 나에게는 하나의 미션이 있었다. 그것은 눈을 감고 스스로의 가슴을 토닥이며 '그동안 참 애썼다. 수고했다. 사랑한다.'

라고 말하는 것이었다. 그런데 내 입술이 딱 붙어버린 것처럼 말이 나오지 않았다. 자신을 격려하고 사랑한다고 말하려는 순간 나 자신에게 느낄 수 있었던 감정은 '화난 감정'이라고 해야 맞을 것 같다. 그리고 그것은 나 자신이 미운 감정이었다. 크게 한번 숨을 내쉰 다음 "그동안 참 애썼다. 수고했다. 사랑한다."고 말해 보았다. 조금은 나의 화난 감정이 배출되는 느낌이었다. 그것은 나 자신을 미워하기로 결정하고 살아가는 나에게 이제 그만하라는 것 같은 느낌에 가까웠다. 나는 나를 미워하는 것 말고는 할 수 있는 것이 없다고 느꼈던 것 같다. 그런데 누구라도 이런 마음으로는 상대방을 칭찬하고 격려하고 이해하고 배려할 줄 아는 사람이 되기는 힘들 것 같다.

루이스 L. 헤이Louise L. Hay는 '우리는 자신의 고통은 잘 이해한다. 그러나 우리가 가장 용서해야 할 사람에게도 고통이 있다는 사실을 이해하는 것은 얼마나 어려운가! 우리는 그들이 그때 자신이 가진 모든 지식과 이해력을 총동원해서 최선을 다하고 있었다는 것을 알 필요가 있다.'고 했다.

나는 나의 자존감 회복을 위한 중대한 것 하나를 깨달았는데 그것은 그동안 나는 쭉 주로 피해자 코스프레를 하며 살아왔다는 것이다. 기시미 이치로, 고가 후미타케의 공저 ≪미움받을 용기 2≫에서 철학자가 이렇게 말한다. "어떤 인간도 순풍에 돛 단 듯이 순탄한 인생을 살지 않아. 누구나 슬픈 일도 겪고 좌절도 하고 이가 갈릴 정도로 분통 터지는 일을 당하기도 하지. 그렇다면 왜 과거에 겪은 비극을 '교훈'이나 '기억'으로 말하는 사람이 있는가 하면 현재까지도 그 일을 털어내지 못하고 어쩔 수 없는 트라우마에 시달리는 사람이 있는 것일까? 이는 과거에 사로잡힌 것이 아니네. 그 과거를 스스로가 필요로 하는 거지. 더 가혹하게 말한다면 비극이라는 안주에 취해서 불행한 '지금'의 괴로움을 잊으려는 것이지."라고 말하는 장면이 나온다. 나는 과거를 교훈이나 기억으로가 아니라 안주로써 필요해서 선택했던 것이고 따라서 지금의 삶들은 내가 선택한 것이다. 그래서 나는 다른 선택을 하기로 결심했다. 그 결심은 나 자신을 사랑하고 누구보다도 나 자신을 먼저 용서하기로 마음먹었던 것이다.

나의 꼬인 것들을 깨닫고 달라졌을 때 그 깨달음은 큰 정신적 부요함과 넘치는 즐거움과 자족감이 있었다. 나는 그런 과정들을 깨닫고 나니 다른 사람들의 실수와 허물, 부족한 부분들에 대해서 너그러워지고 내게 실수한 사람과 그 사람의 실수를 분리해서 생각할 수 있게 되었다. 죄는 미워하되 사람은 미워하지 말라는 말이 있다. 성경에는 '네 이웃을 네 몸과 같이 사랑하라'는 구절도 있다. 나는 다른 사람의 실수와 부족함, 그리고 나에게 잘못한 일도 곱씹지 않게 되었다. 그리고 사람에 대해서 더 많은 이해력이 생기게 되었다. 사람을 사랑하게 되었다. 당신이 혹시 지금까지 자존감이 낮은 모습으로 살았다고 생각한다면 그래도 걱정하지 말라. 왜냐하면 애초에 자존감이 좋은 사람보다 자존감이 낮았다가 회복된 사람은 남이 알지 못하는 깊은 이해의 자질 같은 것이 더 있다. 누구보다도 더 성숙한 사람이 될 수 있기 때문이다. 내가 힘든 것은 나에게 상처 준 그 사람 때문이 아니다. 나를 힘들게 한 그 환경 때문이 아니다. 바로 나 자신의 왜곡된 선택 때문이다. 먼저 있는 모습 그대로의 나를 직면하고 받아들이자. 지금 이 순간의 자기 모습을 인정하는 것으로부터 자존감이 세워지는 기초가 된다.

자존감이 낮은 사람은 칭찬조차도 잘 못 받아들인다. 우리는 교회에서 각자의 집에서 돌아가며 예배를 드리곤 했는데 저녁을 그 집에서 준비한다. 한번은 다른 분들이 나에게 음식 솜씨가 좋다고 칭찬을 했다. 사실 나는 살림도 하고 직장생활까지 하느라 항상 바빠서 음식 솜씨가 좋은 편이 아니었다. 그런데 칭찬을 하니 나는 절대 아니라고 극구 부정했다. 이런 비슷한 일이 몇 번 있었는데 누군가 나에게 "왜 그렇게 칭찬을 못 받아들이시나요?"라고 했다. 자신을 있는 그대로 인정한다는 것은 좋은 점도 나쁜 점도 똑같이 인정하고 받아들이는 것이다. 설령 자기 생각에 음식 솜씨가 좋지 않다고 생각되더라도 다른 사람의 긍정적인 평가도 감사함으로 그대로 인정하고 받아들이는 것이 자기를 인정하는 것이다. 자존감이 낮은 사람은 자신의 수준을 높게 설정해 놓고 그 기준으로 매사에 자기를 부족한 것으로 평가한다. 자신에게 해로운 습관에 고착되어 있다.

자신의 부족한 모습을 그대로 인정하고 받아들이고 수용하기 위해서

첫째, 사소한 일상생활에서 실수했다고 생각되는 순간에 "괜찮아!" "괜찮아!" "괜찮아!"라고 외쳐보자. 세 번은 완전수이다. 운율이 딱 떨어지는 숫자이고 세 번 외치는 동안에 순식간에 자동으로 형성된 불편한 감정이 해소되고 편해지는 것을 느낄 수 있다. 안되면 3번씩 반복해서 해본다.

둘째, 나의 부족한 부분을 해학적으로 표현해보자. 직장이나 친구 모임이나 어떤 소 모임에서 자신의 단점이 거론되어 열등감이 작용할 때 내가 먼저 인정해 버리면 훨씬 여유 있어진다. 약간의 유머가 가미 되면 좋다. 예를 들면 전에 직장에서 감정이 느리고 행동 반응이 느린 나에게 '형광등'이라고 말했다. 그래서 나는 "깜박이는 동안에 정말 많은 것을 생각하지. 사실 나는 천재거든"이라고 대답했더니 모두 웃으면서 분위기는 반전되었다. 나의 부족한 점을 장점의 측면에서 미리 해석해 두자.

셋째, 완벽주의에서 벗어나자. 인간은 완벽할 수 없다. 완벽주의 일수록 자신을 자책하고 부정적으로 평가하게 된다. 다만 할 수 있는 만큼 하면서 갈 뿐이라고 생각해야 한다. 자신에 대한 기대치를 낮추고 한 것을

칭찬해주어야 한다. "됐어. 오늘은 여기까지. 잘했어"라고 외친다. 이번에도 3번 외쳐서 자신을 안심시킨다. 완벽주의는 교만의 다른 면이다. 다만 성장의 길 위에 서 있을 뿐이다.

넷째, 이 세상 모든 사람, 누구에게든 배울 것이 있다고 생각해야 한다. 우월감을 배제해야 한다. 남보다 내가 잘났기를 바라고 알아주기를 바라는 마음은 아직 자라지 않은 마음이다. 다른 사람을 칭찬하고 그 사람의 좋은 점을 배우면 나의 성장에 시너지가 된다. 우리는 함께 성장해 가야 한다. 다른 사람을 칭찬하겠다고 의식하고 있어야 실천할 수 있다. 하다 보면 나중에는 자연스럽게 된다.

다섯째, 다른 사람의 좋은 일을 진심으로 축하하고 응원해야 한다. 축하하고 응원하면 나도 상대방으로부터 배우고 더 나은 방향으로 나가도록 길을 터주는 것이지만, 시기하고 비교하면서 자기애만 왕성하면 시간이 갈수록 고립될 뿐이다. 우리는 같이 성장해 가는 것이기에 마음의 문을 열어야 한다.

자신에 대한 완벽주의에서 벗어나 있는 그대로를 받아들이는 것이 자존감의 시작이다. 상대방도 마찬가지이다. 나도 상대방도 완벽하지 않다. 나를 용서하고 상대방도 용서해야 한다. 우리는 같이 성장의 길을 가는 것이다. 자신의 부족함을 인정하는 것이 높은 수준의 자존감이다. 이러한 자존감은 상대방의 부족함도 인정하는 자존감이다.

03

싫다고 당당하게 말하기

"평생 거절의 문이 여러분을 기다리고 있습니다."

72살의 할리우드의 개성파 영화배우 로버트 드 니로Robert De Niro가 미국 뉴욕대학교의 졸업식 연설에서 한 말이다. 자존감은 자존에 대한 중요성의 경계를 넘어가지 않는 것이다. 나는 전도사였다. 그러나 전도를 못해서 전도사를 그만 두었다. 내가 전도를 할 때 거절을 당하면 나의 전도를 거절한 것이 아니라 나를 거절한 것으로 느꼈기 때문이다.

나의 정서는 오류가 많았다고 생각한다. 버림받은 감정이 나를 지배하고 있었다. 나는 부탁이나 요구도 잘하지 못했다. 거절당하는 것을 많이 두려워했던 것 같다. 나는 나의 자존에 대해서 뿌리가 약했다. 자기의 연애 상담을 해오는 친구의 말을 들어주느라 어린 아들을 피아노에서 밀쳐 버린 적도 있고, 상대방이 전화를 먼저 끊기 전에는 몇 시간이고 내 상황과는 관계없이 이제 그만 통화를 끊어야 된다는 말을 하지 못한 적도 있다. 갚지 않을 것을 아는데 돈을 빌려주고 흐지부지 된 일도 여러 번 있었다. 나는 왜 거절이 힘들었을까? 나는 불과 몇 년 전까지만 해도 다른 사람의 집에 방문해 그 문 앞에서 초인종을 누르고 서 있을 때의 떨림과, 그 집에서 나왔을 때 집 주인이 문을 '쾅' 닫고 문을 잠그는 '찰칵' 소리에 가슴이 찌릿 거렸고 무의식적으로 그 감정을 외면했다. 그런데 거절은 나에게만 특별히 힘든 것은 아닌 것 같다.

100일간 거절당하는 프로젝트를 진행하고 유명세를 떨친 중국의 지아 장Jia Jiang은 테드 강연을 하고 한 달 만에 조회수 수백만 건을 넘겼다고 한다. 그만큼 거절은 우리 모두에게 과제임이 분명하다. 자존감이 낮을수록 자신의 존재가 다른 사람에게 의존되어 있기 때문에 거절이 더 힘들 수 있다. '사랑받지 못할까 봐.'가 주 핵심감정이다. 다른 사람들의 부탁을 들어줌으로써 그 필요성에 의해 인정받고 관계 속에서 존재할 수 있기 때문이다. 하지만 이러한 관계는 거절하지 못함으로써 그 상대방에게 종속되어 버린다. 때로는 그 부담감으로 인해 더 불편한 관계가 될 수도 있다. 그래서 거절에 대한 두려운 감정에 매몰되지 않아야 한다.

거절을 잘하려면

첫째, 그 휘둘림에 저항하겠다고 결심하라. 부탁하는 사람 중에서는 자기 마음대로 나를 부리려고 하는 사람들이 있다. 나에게 부탁하는 사람은 나를 그 부탁을 들어줄 만만한 사람으로 선택했거나 무작위로 누구에게든 부탁을 하고 있는 상황일 수도 있다. 나도 부탁할 때는 만만한 사람을 먼저 떠올린다. 다른 사람에게 또는 조직관계에서 부탁을 받을 때 내가 필요한 사람이 되기 위해서는 부탁을 들어주어야 하지만 곤란할 때에는 분위기에 끌려가지 말고 마음에 요동함이 없어야 한다.

둘째, 거절당하는 것에 대한 두려운 감정의 이유를 알아보자. 그 이유를 구체적으로 아는 것만으로도 한결 좋아진다. 예를 들면 상대방과의 관계가 서먹하게 된다든지 안 좋게 끝날까봐 염려하는 마음이 더 크기 때문일 수 있다. 또는 거절해서 손해를 보는 것이 아닌가 하는 계산 때문일 수도 있다.

셋째, 미리 거절에 대해서 숙고하고 있으면서 거절할 용기를 준비해야 한다. 거절해야 할 일이 있을 때 거울을 보고 거절할 말을 연습 삼아 미리 말해 보면서 훈련해 보아라. "죄송합니다만 안 될 것 같습니다."라는 등 할 말을 미리 준비해 놓고 있어라.

넷째, 거절을 결심했다가 결국 거절을 못 하게 되었을 땐 기꺼이 성심성의껏 자발적으로 들어주어라. 말로만 예를 하고 온몸으로 불편한 기색을 드러내면 상대방과의 관계만 안 좋아질 뿐 아니라 나에게도 좋지 않다. 그리고 주도적으로 도와주면 주도적으로 거절할 힘도 얻는다.

다섯째, 거절은 인격에 대한 거절이 아니라 부탁에 대한 의사표현일 뿐이라는 객관성을 기억하자. 우리는 관계를 떠나서는 존재할 수 없다. 그러나 병든 관계 패턴을 고치기 위한 것이기 때문에 당장 거절을 잘 못한다고 실망하지는 말자. 나도 누군가에게 부탁을 하며 관계 네트워크를 이루고 함께 존재해야 하기 때문이다. 아직 잘 못해도 괜찮다. 그대로 인정하면 잘 못하는 것도 자연스럽다. 싫으면 싫다고 당당하게 표현하는 것은 그렇게 할 수 있는 내적 마음의 힘이 필요한데 그러한 내적 힘을 가지기 위해서 성장하고 있으면 되는 것이다.

나는 전에 광고 회사에서 텔레마케팅 업무를 한 적이 있다. 나는 드센 선배 직원들과의 관계에서 그들에게 맞춰주며 주로 비굴모드로 지내고 있었다. 나는 체력이 약해 신경전을 치르기가 너무 성가시고 귀찮았다. 차라리 몸 고생을 좀 더 하고 신경전은 피하자는 마음이었다. 그러던 어느 날 이었다. 선배들이 다음날이 휴무이고 일이 잘 안 된다는 이유로 일찍 일을 종료해 버리자고 했다. 평일이었기 때문에 사실 그러면 안 되는 것이었는데 사장의 허락도 없이 업무를 종료하고 청소를 하는 바람에 크게 문제가 되었다. 그런데 팀장과 선배 직원들이 그 문제의 책임을 나에게 있는 것으로 누명을 씌웠다. 나는 그때 처음으로 큰 목소리를 내어 사실규명을 하고, 그 다음날부터 회사에 나가지 않았다. 그리고 의도치 않았지만 나를 따라 직장을 그만둔 사람도 있었다. 직원들은 차례로 나에게 찾아와 사과를 하며 회사를 나오라고 했지만 나는 그러지 않았다. 사무실에 있는 개인 짐을 정리하러 갔을 때 사장님이 나를 부르더니 이렇게 말했다. "그러니까 진작에 자기 목소리를 내야지. 자기 색깔을 내 보이지 않으니까 그렇게 된 거 아닌가?" 그래서 나는 사장에게 이렇게 말했다. "여자나이 40줄이 넘었으면 세상 두려울 것이 없는 나이인데, 자기 색깔을 안 내고 있다고 해서 함부로 대한 것이라면 그것은 내 잘못이 아니라 그렇게 한 사람이 잘못된 겁니다." 사장은 나에게 "사무실의 불편한 사항들을 말을 좀 하지 그랬느냐"고 말했다. 사실 나는 고자질 같은 것도 딱 싫어하면서 나 혼자만 의로우면 된다는 식의 사람이기도 했다.

사랑은 "사랑해!"라고 말하기 전에는 사랑이 아니라는 말이 있다. 싫다고 말하지 않으면 진정 싫은 것이 아니게 된다. 생사여탈권이 주인의 손에 달려 있는 노예처럼 요구나 부탁을 거절하지 못해서 문제가 된다면 구체적으로 거절을 연구하고 연습도 해보자. 이석원의 산문집에는 '아닌걸 아니라고 말하지 못하는 사람은 불편해진 관계의 공범'이라고 했다.

거절에 대해서 자신을 성찰하고 마음의 힘을 기르는 것이 중요하다.

당당하게 거절할 수 있는 것은 마음의 힘이다. 사실은 거절할 수 있을 때 존중받는다. 거절할 수 있는 사람에게 더 매력을 느끼고, 거절하는 것은 누구보다 나를 소중히 여기는 행동이다. 거절을 못 하는 것은 가식일 수 있다. 위장된 평화가 더 나쁠 수 있다. 싫으면 싫다고 말하는 것이 옳은 일이며, 더 선한 일이다.

04

부정적인 말을 제거하라

말의 힘은 강력하다. 잠언에 '죽고 사는 것이 혀끝에 달려 있다.'라는 구절이 있다. 말은 생명력이 있다. 자존감이 낮은 사람은 자신을 과소평가하고 부정적이기 때문에 말도 부정적으로 하는 말이 더 많을 수밖에 없다. 사람 속에 있는 것이 밖으로 나오기 때문이다.

나는 과거에 부정적인 말 대마왕이었다. 심지어 나와 대화를 하면 머리가 아프다는 사람도 있었다. 부정적인 말은 부정적이고 어둡고 무거운 에너지를 가지고 있다. 단순한 말이 아니다. 말은 곧 힘이다. 에너지를 가지고 있기 때문이다. 나와 남편은 닮은 꼴이다. 남편도 자라온 환경에서 욕하고 부정적인 말을 하는 방법으로 자기표현을 하는 습관에 굳어져 있었기 때문에, 나는 남편의 독화살을 맞고 몸에 힘이 빠지거나 화가 나고 의욕이 떨어지곤 했다. 그 마음과 습관은 쉽게 바뀌지 않았다. 그러나 나는 남편에게 감사한다. 남편으로 인해서 나의 부정적인 성향이 얼마나 지옥과 닮은 것인지를 깨달았고, 그것을 고치는데 일조했고, 서로 좋아질 수 있었기 때문이다.

나는 '염려, 근심, 걱정하는 태도를 버려라. 믿어라. 긍정적으로 밝게 생각해라.'는 등의 충고를 들으면 나는 내가 부정적일 수밖에 없는 이유를 매우 논리적으로 철저하게 따져 대답을 하곤 했다. 그리고 나에게 다시는 그따위 충고는 하지 못하도록 몰아붙이기를 잘했다. 오래된 나의 친구는 나에게 '똑똑해도 너무 똑똑하다'며 내가 너무 뚫을 수 없는 철통같은 방어막을 가지고 있어서 지친다고 말한 적도 있다. 나는 나의 근본적인 상처를 항상 들먹이며 내 마음의 근원이 바뀌어야 자연스럽게 말도 긍정적으로 할 수 있는 것이라고 생각했었다. 사실 나는 내 마음의 근원이 치유 받아야 한다고 생각은 했지만, 정작 내가 나를 고치겠다고 결심하고 행동에 옮기는 구체적인 노력은 하지 않고 그것이 어렵다고만 생각했었다.

나는 말을 바꾸기 시작했다. 말버릇을 고치는 것이 쉽지 않았다. 오랜 세월 동안 습관화 되어 있는 부정적인 말버릇이 자동출력 되었기 때문에 부정적인 말이 불쑥 튀어나올 때마다 한숨이 나오곤 했으며, 때로는 부정적인 말에 내 부정적인 기운을 실어서 마구 힘주어 말을 쏟아내고 싶은 욕구가 올라오곤 했었다. 어쨌든 나는 점점 긍정적인 말을 늘려 나갔고 우리 집을 부정어 사용금지구역으로 선언하고 내가 바뀌니 가족들도 점차 동화되었다. 요즘에는 "우리 집이 맞나?" 할 정도로 집안공기가 바뀌었다. 전에는 욕설, 걱정, 근심, 화, 판단하고 가르치는 말, 짜증이 난무했었다. 지금 생각하니 웃음이 난다. 지금은 일상적인 용어와 대화에 이런 것은 없다. 아직 웃음이 넘쳐날 정도는 아니지만, 어둡거나 부정적이지도 않고 돈 걱정하는 소리도 없어졌다. 좀 싱거워진 것 같은 느낌은 있지만 정말 좋아진 것은 딸도 공부를 열심히 하기 시작했고, 나는 책을 쓰기 시작했으며, 남편은 매일 말씀 묵상 일기를 공유하고 있다. 나는 여기에 웃음과 유머를 더하고 싶어서 유머모음집을 읽거나 유머 전략에 관해서도 배우려고 한다.

말은 남이 듣기 전에 내가 먼저 듣는다. 의도적으로 긍정적인 말로 바꿔줌으로써 자신에게 긍정성을 심어주어야 한다. 이것은 밭을 일구는 것과 같다. 잡초를 뽑아주고 작은 돌멩이들을 제거해 주는 것이다. 마음 바뀌기만 바라지 말고 말부터 바꾸는 것을 실행함으로써 점차 나 자신의 무의식 정보를 긍정적으로 변화시켜 주어야 한다.

나는 부정적인 말을 제거하기 위하여 다음과 같은 노력을 했다.

첫째, 꼬리에 꼬리를 무는 생각에 빠지다 보면 부정화에 빠지게 된다. 그래서 잡생각에 빠지지 않기 위해서 '나는 지금 출근을 하고 있습니다.' 혹은 '나는 지금 설거지를 하고 있습니다. 조금 있으면 딸이 올 것 같습니다.' 혹은 '산책을 하니 맑은 공기가 좋습니다.'와 같은 식으로 지금 현재에 마음을 모으려 노력하고 의식을 현재로 가져오도록 연습했다. 의식을 현재로 가져오면 부정적인 생각 때문에 놓치게 된, 보이지 않던 것이 보이게 된다. 들리지 않았던 새소리가 들리고 보이지 않았던 하늘이 보이고 버스를 타는 사람들의 표정, 특이한 간판의 이름 같은 것들이 보인다.

둘째, 말을 하고 나서 부정적인 말을 했다고 생각되면, 곧바로 이 경우에는 어떻게 하는 말이 긍정적인 말일까를 생각해본다. 부정적인 생각을 하고 말하는 습관에 이미 길들여져 있기 때문에 그 자동화되어 있는 말 시스템을 바꾸려면 계속 전환 연습을 해야 한다. 말을 현재 상황에 관련된 평상적인 언어와 부정적인 언어, 긍정적인 언어로 나누어서 평상적인 언어와 긍정적인 언어만 사용하도록 해야 한다.

셋째, 감정을 빼야 한다. 말에는 감정이 실려 있다. 사실 말 보다는 그 말에 실려 있는 감정이 부정적이면 부정적인 말이 된다. 최대한 객관적으로 말하고 감정을 싣지 않도록 한다.

넷째, 관점을 바꾸어 보는 것은 말에 있어서도 중요하다. 말이 많은 것은 자기주장이 확실하다는 것으로, 인색한 것은 절약 정신이 투철한 것으로, 좀 주책으로 보이면 순수한 것으로 바꾸어 보는 것이다. 이렇게 긍정적인 말로 바꾸어 말해보면 같은 상황도 달리 볼 수 있다는 것을 알 수 있다. 부정적인 말은 부정적인 관점이라는 것을 알 수 있다.

다섯째, 사실만 말하고 핵심만 말해야 한다. 생각이나 판단 평가와 비난을 더하면 안 된다. 공부를 안 하는 자녀에게 "너는 왜 매일 공부를 안 하니?"라든가 남편에게 "당신은 항상 그래!"하고 종지부를 찍어서는 안 된다. 나쁜 버릇이 있는 아이에게 "세살 버릇 여든까지 간다더니" "네가 게으르니까 그렇지"와 같은 말들은 평가와 비난의 말이다. 한결같이 긍정적 서술어로 바램, 희망, 발전적 기대를 담아 말해야 한다.

여섯째, 명령이나 권력행사를 하지 말아야 한다. 자녀를 포함한 모든 사람을 인격체로 대해야 한다. 상대방의 인격을 무시한다는 것은 상대방에게 묻지 않고 내 의사를 강요하는 것이다. 단도직입적으로 '해라' 하지 말고 '~하면 좋겠어.' 또는 '~하면 어때'라는 식으로 말함으로써 상대방이 자발적으로 결정할 수 있도록 해야 한다. 명령과 지시가 아니라 인격에 호소해야 한다.

일곱째, 긍정적인 말은 자신에게도 끊임없이 해주어야 한다. 우리가 자랄 때 가족관계에서 또는 타인에게 들었던 상처가 되는 말들로부터 기인된 부정적인 이미지에 대한 잘못된 자신의 뇌의 인식을 바꾸어 주어야 한다. "괜찮아!" "실수했어도 다시 하면 돼." "너의 개성은 특별해." "네가 진심으로 원한다면 할 수 있어." 등의 자신에 대한 격려와 포용으로 스스로에게 긍정적인 말을 들려주자.

탈무드에는 이 세상에서 가장 존귀한 것도 혀이고, 가장 사악한 것도 혀라고 기록되어 있다. 우리가 잘 아는 실험이 있다. 부정적인 말과 긍정적인 말을 각기 들은 물은 그 결정체가 다르게 형성된다는 것, 그리고 실온의 밥에 부정적인 말과 긍정적인 말을 들려주었을 때 곰팡이가 핀 상태가 다르게 나타난 실험이다. 부정적인 말을 하는 사람에게는 부정적인 결과가 긍정적인 말을 하는 사람에게는 긍정적인 결과가 부메랑처럼 돌아온다. 따라서 부정적인 말을 제거해야 한다.

05

약점을 강점으로 활용하라

미국의 프로농구 선수와 감독으로 활약했던 래리 조 버드Larry Joe Bird는 "내게 있어 승자란 신이 부여한 재능을 인정하고 그것을 기술로 발전시키기 위해 무한한 노력을 하며 그렇게 얻은 기술을 목표를 달성하는데 활용하는 자이다. 나는 패배했을 때조차도 나의 약점이 무엇인지 배웠으며 다음날 그 약점을 강점으로 전환하기 위해 노력했다."고 말했다.

나는 단호히 '약점이란 없다.'고 말하고 싶다. 우리가 약점이라고 생각하는 그 부분이 오히려 강점이 될 수 있기 때문이다. 자유롭고 행복해지기 위해서 자신의 약점도 강점으로 볼 수 있는 전환적 시각을 가지면 좋겠다. 내가 그것을 어떻게 바라보느냐가 문제다. 약점 또는 강점이라고 말한다면 그것은 어떤 기준을 두고 비교해서 약점이나 강점으로 판단한다. 그러면 그 기준은 어떤 기준인가? 사회적 통념상의 기준일 수도 있고 내가 설정해 놓은 개인적 기준일 수도 있다. 아마도 자존감이 낮은 사람은 완벽주의로 높은 기준을 설정해 두고 거기에 미치지 못하는 자신의 일부 모습을 약점이라고 생각하고 있을 가능성이 높다.

어릴 때 양면 색종이로 종이접기를 한 기억이 있다. 두 개의 다른 색이 앞뒤로 한 종이에 붙어 있다. 두 색을 한 종이에서 떼고 싶어도 뗄 수 없다. 약점과 강점은 양면 색종이와 같다. 내가 어느 쪽으로 보고 해석하느냐는 한 마디로 내 마음대로다. 나는 자존감이 낮았기 때문에 강점도 약점으로 해석하는 기술이 탁월했다. 아니 나는 약점만 있다고 생각했고 강점으로 볼 만한 것이 눈 씻고 찾아봐도 없다고 생각했다. 나는 생각이 많았는데 마음속으로 '왜?'라는 질문을 하면서 한없이 생각하고 또 생각하면서 생각 속으로 파고 들어가길 잘했다. 나는 종종 사람들을 처음 만나서 이야기하면 똑똑하다는 소리를 듣는다. 하지만 나는 나를 아직 잘 몰라서 저런 말을 한다고 생각하며 나를 '얼 띠고 바보 같다.'고 생각했다. 이런 나의 생각들은 내가 설정해 놓은 높은 기준에 미치지 못하기 때문이며 '어차피 나의 실체를 알면 실망할 거야. 그러니까 미리 이렇게 선수를 쳐서 나 스스로 나는 똑똑하지 않고 얼 띠고 바보 같다고 생각해 두는 게 나아'라고 느꼈던 것 같다. 사실 나는 사람들이 나를 어떻게 평가하는지 늘 불안했기 때문에 지레 나 스스로 부정적으로 평가해 둠으로써 불안을 끄려했다고 생각한다.

세계적으로 알려진 닉 부이치치Nick Vujicic는 사지가 없는 이 엄청난 몸의 약점이 강점이다. 이 강점으로 많은 사람들에게 도전과 희망을 주는 감동적인 동기부여를 하고 있다. 그는 결혼하여 아이 넷을 낳아 단란한 가정을 꾸리고 있으며 함께 ≪한계를 껴안는 결혼≫이라는 책도 저술하였다. 노력해서 바꿀 수 없는 약점도 그 뒷면은 강점이다. 하물며 바꿀 수 있는 약점이라면 강점이 되도록 노력해야 한다. 약점이나 강점은 개성이다. 사회통념에 휘둘리지 말고 나의 기준을 낮출 필요가 있고 자신을 사랑하고 격려하자.

공고출신으로 공장에서 일하다가 지금은 협성대 경영학과 교수이면서 강연가인 ≪약점 많은 사람이 모두가 부러워하는 사람으로 당당하게 성공하는 법≫의 김광희 저자는 '세상에는 강점만 가진 사람도 약점만 가진 사람도 없다. 강점과 약점은 인간의 두 발과도 같다. 한쪽이 일방적으로 앞서나갈 수 없다. 한 걸음씩 앞서거니 뒤서거니 하며 육중한 육체와 정신을 떠받치고 추구하는 방향으로 나아갈 수 있게 돕는다. 강점은 약점 안에 약점은 강점 안에 존재한다.'고 했다. 약점을 인정하고 강점으로 전환시키고 삶을 변화시키겠다는 결심만 있으면 삶의 판도를 뒤집을 수 있다.

유투버 정우영씨는 '다른 사람과 비교하며 자신을 못났다고 생각하는 사람들은 자존감이 저하될 수밖에 없다. 약점은 자신이 고칠 수 있는 것을 고치지 않는 게으름이나 노력하지 않는 것이다. 약점은 심리적인 벽을 형성하기 때문에 타인을 마음의 문을 열지 않은 상태에서 대한다. 그래서 오해를 받거나 스스로 위축되거나 안 좋은 상황만 더 만들어 낼 수 있다.'고 설명했다. 자신의 문제에 대해서 좀 뒤로 떨어져서 멀리서 보듯이 나를 객관적으로 보아야 한다. 약점도 좀 뒤로 떨어져서 보면 그 약점의 뒷면에 강점이 붙어있는 것이 보일 수 있다. 나의 약점이라고 생각하는 그것에 대해서 내가 어떻게 반응하느냐의 문제이다. 나를 있는 그대로 인정하라고 한 것처럼 약점도 내가 먼저 인정하면 된다. 다른 사람들의 눈치를 볼 필요가 없어진다. 나의 약점이라고 생각한 것에 대해서 당당해지고 아무렇지도 않게 여기면 역시 다른 사람에게도 약점으로 여겨지지 않는다. 마음을 전환하면 약점만 보였던 모든 것들이 약점으로 보이지 않게 된다.

아르헨티나의 축구 선수로 유명한 메시는 '나는 축구 선수라 하기엔 작은 키를 가지고 있으며 다른 선수들에 비해 신체조건이 뒤처지는 것을 인정한다. 하지만 이 작은 키는 나에게 최고의 장점이 되었고 이제는 누구 앞에서도 당당할 수 있다. 성장 호르몬 이상은 나에게 많은 슬픔을 안겨주었다. 하지만 그것이 세상이 나를 조명하는 이유가 되었다. 성공에 단점이나 약점이란 없다. 오직 약한 마음만 있을 뿐이다.'라고 말했다.

나는 가난한 집에서 태어났고, 불행한 가족사가 있고, 억압으로 주눅이 들어 내가 원하는 것을 잘 표현하지도 못했고, 40Kg을 겨우 넘는 몸무게로 외소하고, 힘이 없고, 병약하고, 특별히 공부를 잘하지도 못했고, 가정적이고 돈을 많이 벌어다 주는 남편을 만난 것도 아니고 등등 열등한 이유만 많은 나였다. 고등학교 시절, 미술시간에 선생님의 전신을 몰래 그리고, 그 그림 아래에 '나는 열등생'이라고 썼다가 선생님한테 걸려 혼난 적도 있었다. 이런 내가 나에 대한 관점을 바꾸었다.

사람은 듣고 싶은 대로 듣는다. 마찬가지로 생각도 자기가 생각하고 싶은 대로 생각한다. 나는 나의 약점만 묵상했었다. 그랬더니 몇 십 년이 흘러도 전혀 달라지지 않는 상태가 지속되는 걸 보고 이제는 도저히 이대로는 안되겠다는 생각을 하게 되었다. 그것은 나의 약점에 당당히 맞서는 태도를 갖는 것이었다. 그리고 나에 대한 관점을 바꾸니 내가 사는 세상이 바뀌었다. 세상이 바뀐 것이 아니라 내가 바뀌니까 사는 세상이 다르게 된 것이다. 자신감 없는 부정적인 언어들이 긍정적인 언어로, 그리고 불가능의 언어들이 가능의 언어로, 그리고 무엇보다 두려움과 부끄러움이 없어지고, 머릿속에서 많은 망상들이 사라지면서 모든 의식이 현재로 돌아오게 된 것이다.

어떤 작가는 '몸이 약한 약점 때문에 독서가라는 강점을 만들 수 있었다.'고 고백했다. 시인이자 목사인 랄프 왈도 에머슨Ralph Waldo Emerson도 '강점이란 약점에서 탈피한 것'이라고 했다. 약점을 강점으로 만들기 위해 노력하지 않는 게으름만 없다면 약점은 도리어 축복이고 나에게 주어진 특화된 선물의 포장지이다.

06

의식변화에 대한 책을 읽어라

'아무리 절망스러운 상황에서도 도저히 피할 수 없는 운명과 마주쳤을 때도 삶의 의미를 찾을 수 있다는 사실을 잊어서는 안 된다. 왜냐하면 그것을 통해 인간의 잠재력이 최고조에 달하는 것을 볼 수 있기 때문이다. 자극과 반응 사이에는 공간이 있고 그곳에서의 선택이 우리의 삶의 질을 결정짓는다.' 이것은 책 ≪죽음의 수용소≫에 나오는 나치의 아우슈비츠, 다카우 수용소에 수감되었다가 풀려난 정신과 의사 빅터 프랭클Viktor Frank의 말이다.

자신의 삶의 질을 바꾸고 싶은가? 지금이라도 당장 이 질문을 해보기를 바란다. 이 질문에 얼마만큼 절박한가? 나는 상처의 후유증으로 낮은 자존감의 상태에 만성적으로 놓여 있으면서 근본적인 나의 상태를 고칠 수 있다는 희망을 점점 잃어가고 있었다. 범 불안증과 자신감 결여, 부정적인 생각과 마음들, 빈곤의 악순환으로 이어져온 나의 인생을 고칠 수 있다는 생각이 들지 않았었다. 하루하루가 절박했지만 답이 없었고 암담했었다. 나는 지쳐갔고 내가 죽을 때까지 이 모양 이 꼴로 살다가 그냥 죽을 수도 있겠구나 하고 생각했을 정도였다.

이런 내가 나의 삶을 질을 바꾸려고 마음먹고 시작한 일의 제일 첫 번째가 책읽기이다. 어렸을 때는 공연히 어려운 책만 골라 읽으면서 멋지게 보이고 싶어 했다. 신학을 할 때에도 나의 서재를 만드는 것이 꿈이어서 많은 책을 장서인을 만들어 도장을 찍으며 관리했었다. 한번은 내가 어렸을 때 결코 칭찬을 잘 안하시는 어머니가 놀러온 동네 아주머니들 앞에서 '우리 딸은 책을 한번 손에 쥐면 놓지를 않는다.'는 있지도 않은 자랑을 하신 적이 있다. 이 일을 계기로 책을 그나마 좋아한 것은 정말 행운이다. 사실 자존감의 바닥을 뒤집어서 의식을 바꾸고 마음의 힘을 만들기에 가장 좋은 것이 책읽기라고 단연 추천한다.

나는 어렸을 때 큰 집에 맡겨진 사건으로 인해 감정멈춤 상태와도 같은 정서적 장애에다 가족들로부터 부정적인 말들만 듣고 자랐다고 기억한다. 거기에 힘세고 거대한 오빠의 비정상적인 구타로 마음에도 몸에도 멍이 들었었다. 한 번은 오빠가 나를 발로 차고 때리면서 강제로 무릎 꿇게 하려다가 오빠가 자기 성에 못 이겨 기절해 버린 적도 있었는데 그만큼 나 또한 누구 못지않게 절대로 굽히지 않는 똥고집이 대단했다. 그러면서 한편으로는 이런 삶이 이해되지 않았고 이런 삶의 이유와 원인에 대한 좌절과 절망은 쉽게 가벼워지지 않았던 인생의 어두움과 무게가 있었다.

이것은 내가 긍정적으로 변하기를 거부하는 방해물이 되었다. 나는 이제라도 이것을 확 뒤집으려고 하는 것이다. 생각 뒤집기이다. 이 생각 뒤집기는 책을 읽고 사유하면서 가능해졌다. 예전의 나였다면 늦은 나이에 책을 쓸 수 없는 이유를 백가지도 넘게 생각했을 것이고 밤새 생각을 넘어 망상만 일삼다가 흐지부지 포기했을 일이다. 모든 일을 항상 그렇게 해왔다. 그러나 이제 생각을 뒤집을 수 있다. '너는 나이가 많아. 곧 육십이 다 되는 나이라고!' '이제는 무슨 말을 하려고 하면 단어가 잘 안 떠올라 말을 더듬거리는데 무슨 책을 쓴다고!' '이제 와서 무슨 책이람!' '직장생활도 바쁜데 책을 어떻게 써!' 등등 별별 '나는 할 수 없다'가 주제가였을 것이다. 그런데 이제는 내가 생각을 뒤집을 만큼 나의 의식에 변혁이 일어난 것이다.

나는 책을 좋아하고 많은 책을 가지고 싶어 했지만 책을 살 돈이 없다고 생각했었다. 만성적인 위장병이 있어 식탁 위에는 내과에서 받아온 위장약과 약국에서 사온 온갖 약들, 거기다가 위장에 좋다는 건강식품들이 항상 산처럼 쌓여 있었고 경제적으로 넉넉하지도 않았다. 직장을 다니면서 집안을 돌보는 것만으로도 버겁기만 했다. 가끔 도서관에서 책을 빌려다 보기는 했지만 그것은 너무 가끔 읽는 것이라 나에게 영향을 줄 만한 독서는 아니었다.

그러다가 다니던 교회를 옮기게 되었고 새로운 교회에서는 날마다 주어진 성경 말씀을 가지고 묵상하고 그것을 매주 나누어야 했다. 목사님의 설교에 나오는 참고 서적을 읽기도 하면서 10년을 지나는 동안 나는 정신과 의사이자 신학자인 모건 스캇 펙Morgan Scoff Peck의 ≪거짓의 사람들≫이라는 책과 ≪미움받을 용기≫라는 책을 읽으면서 그 두 작가들의 책들을 시리즈로 읽었고 특히 아들러 심리학에 더 영향을 받았다. 왜냐하면 성경 묵상의 자기 부족을 보는 것이 인간의 내면의 고통에 대한 원인을 자기 안의 목적을 찾음으로써 해결하고자 했던 아들러 심리학과 맥락을 같이했기 때문이다. 그리고 나의 불행한 인생은 언제나 다른 사람들과의 비교에서 느끼는 것들이라는 것과, 사람들은 서로 경쟁하는 것이 아니라 각자 자기의 길을 가는 것이라고 설명한 부분에 깊이 수긍하면서 나는 점점 의존적인 정서에서 독립적인 정서로 자라나갔다. 그리고 그때부터는 자신에 대한 위로와 격려, 긍정적인 피드백들이 마음으로 수용되기 시작했다. 구체적인 나의 의식을 변화시키기 위한 실천과 행동과 노력들이 구사되었다. 매일 책을 읽으면서 자세를 바르게 하고 확언명상으로 정신 상태를 맑고 긍정적이고 명확하게 만들어 나갔다. 불면증이 사라지고 어깨가 펴지고 나의 취약한 위장병을 사랑하기 시작하면서 내 몸에 대한 세세한 감각이 살아나도록 노력했다. 그리고 책을 쓰기에까지 이르게 되었다.

전설적인 투자의 귀재 미국의 최대 갑부 워렌 버핏Warren Buffett은 '당신의 인생을 가장 짧은 시간에 가장 위대하게 바꿔줄 방법으로 결코 독서보다 더 좋은 방법을 찾을 수 없을 것이다'라고 했다. 의식변화를 위해 매달 일정 금액의 책을 사라. 가끔 서점에 가서 베스트셀러 코너에 나와 있는 책의 부류들을 보면서 요즘 트렌드 방향을 살펴보면 좋다. 유명하고 좋다고 알려진 책들을 읽고 자기가 좋아하는 분야의 책들을 중심으로 읽어라. 또한 중요한 것은 자신의 의식을 변화시키기 위해 필요한 책을 찾아 읽는 것이다. 찾아보고 싶은 정보의 키워드를 정해서 책을 찾아보고 마음의 막힌 문제를 해결하기 위한 독서를 해라. 의식이 변화되지 않으면 지식도 힘을 못 얻는다.

작가 김새해님의 책 ≪내가 상상하면 꿈이 현실이 된다.≫에 나오는 '지금 걷고 있는 모든 길의 이름은 성장이다.'라는 말이 나는 정말 마음에

와 닿는다. 왜냐하면 나는 늘 나의 성장에 대해서 목말라 했기 때문이다. 정서적인 문제이든 경제적인 문제이든 관계적인 문제이든 어떤 문제에 있던지 지금의 모든 길은 성장의 길이다. 지금까지 앞이 안 보이는 어두운 상황만 있었다 하더라도 실망하지 말라. 당신은 지금도 성장하고 있으니까. 그리고 그 성장을 일시에 쑥 자라게 해줄 방법은 단연 책읽기이다.

중국의 모소 대나무는 심은 지 3년 정도가 되어야 겨우 죽순이 삐죽 나오는데 4년째 해가 되어도 30센티 정도밖에 자라지 않다가 5년 이후부터 폭풍 성장을 시작한다고 한다. 하루에 1m씩 자라면서 짧은 시간에 20m까지 자란다. 그런데 중요한 것은 자라지 않는 5년 동안 대나무는 깊게 뿌리 내리는 작업을 한다는 것이다. 이것을 물리학 용어로 양자 도약 Quantum Leap 이라고 한다. 당신이 오랫동안 자라지 않는 것처럼 보이는 부족하고 형편없는 사람으로 살았다고 걱정할 것도 염려할 것도 없다. 우리가 가는 길의 이름은 성장이다. 자신은 잘 알지 못했을지라도 살아온 모든 일은 성장의 재료가 된다. 우리는 이제 의식변화에 대한 책을 읽으면서 Quantum Leap하자.

07

나에게 가장 좋은 것 선물하기

내가 결혼을 한다고 했을 때 캐나다 벤쿠버의 기도원 원장님 사모님으로부터 편지와 함께 '생각다 못해 물려받은 금반지를 보낸다.'며 선물이 왔다. 몇 달 동안 함께 보내며 사정과 형편을 아는 지라 그런 선물을 하신 것이다. 이 선물은 나에게 가장 귀한 것, 가장 좋은 것이라는 뜻이 담겨져 있는 선물이었다. 이 선물을 생각할 때마다 송구하고 감사하고 따뜻한 사랑을 느낄 수 있어서 함부로 살아선 안 되겠구나 하는 생각이 들었다.

선물은 선물에 담긴 마음 때문에 자랑스럽고 감사하고 감동받게 된다. 선물에 담긴 마음은 사랑이기 때문이다. 이 사랑은 생각할 때마다 힘이 나고 웃음 짓게 하고 삶에 활력을 불어넣는다. 그래서 자기 사랑이야 말로 그 어떤 선물보다 자기 자신에게 줄 수 있는 최고의 선물이 아닐까?

심리학자 웨인 다이어Wayne W. Dyer는 그의 책 ≪행복한 이기주의자≫에서 '사랑이란 좋아하는 사람이 스스로를 위해 선택한 일이라면 무엇이나, 그것이 자신의 마음에 들 건 안들 건 허용할 줄 아는 능력과 의지다.'라고 말했다. 사랑할 만해서 사랑하는 것이 아니다. 상대방이 내가 원하는 대로 할 때 사랑할 수 있다고 생각하면 사랑할 수 없는 날이 곧 닥친다. 사랑은 감정이 아니라 능력과 의지이다. 자신에 대해서도 스스로에 대해서 분명 부정적으로 평가될 만한 것이 있음에도 불구하고 사랑하기로 결정하고 선택하는 것이다. 이런 나를 스스로 사랑하게 되었을 때 다른 사람들도 있는 그대로 사랑하게 된다. 내가 스스로를 부정적으로 평가하고 있을수록 다른 사람에 대해서도 그것을 투사하게 되어 불평불만과 비난과 판단으로 대하게 되고 그것은 세상에 대하여 그리고 사람에 대하여 마음의 문을 닫게 만드는 원인이 된다.

사람은 어렸을 때는 외부 세계가 자기중심으로 돌아가는 것으로 믿는다고 한다. 그러나 성장하면서 타협하고 협의하면서 살아갈 수 있는 관계 훈련을 잘 치러낸 사람은 독립적으로 살면서도 타인과 상호소통과 관계 조절을 잘 할 수 있게 된다고 한다. 그러나 그렇지 못한 경우에는 몸은 성장했지만 정서는 아이 수준에 머무르게 되면서 불평불만과 못마땅함, 그리고 더 나아가서 자신에 대한 가치감을 의심하면서 부정적인 측면으로 나아가는 것이다. 자기 사랑의 선물은 이것을 되돌리는 것이다.

성공과 사랑에 대한 전문가 로렌스 크레인Lawrence Crane 은 그의 책 ≪자기사랑≫에서 그의 스승 레스터 레븐슨에 대하여 이렇게 소개하였다. "그는 두 번째 심장마비로 42세의 나이에 언제라도 갑자기 죽을 수 있다는 선고를 받게 되었다. 그는 극도의 죽음의 공포에 갑자기 '가만 난 아직도 살아 있잖아. 살아 있는 한 희망은 있어. 살아만 있다면 이 상황에서 벗어날 수 있을지 몰라. 난 뭘 하고 있는 거지?'라고 질문하기 시작했다. '내가 이 세상에서 원하는 것은 무엇인가?'라고 물었을 때 자신이 행복하기를 원했다는 것을 깨달았다. 그 행복에 가장 가까운 것은 사랑이라는 것을 깨달았다. 그리고 언제나 사랑받기를 원했기 때문에 한 번도 행복을 가질 수 없었다는 것도 알았다. 그리고 레스터는 자기에게 비사랑사랑에 반대되는 것들에 해당하는 마음들을 놓아줌으로써 사랑을 키울 수 있다는 것도 깨달았고 사랑하지 않았던 누군가가 생각나면 그 사람에 대한 마음을 사랑으로 바꾸었다. 그리고 레스터는 죽지 않았고 42년을 더 살았다."

내가 나를 사랑하고 품을 때 다른 사람들도 나를 사랑하고 품는다. 왕따나 외톨이가 되는 것은 내가 나를 사랑하지 않는 것에 대한 반응으로 온 결과 일 수도 있다. 우리는 아직 살아있다. 살아있기에 행복할 수 있다. 자신에게 행복할 수 있도록 사랑이라는 선물을 주자. 사랑은 감정이 아니라 능력과 의지이다. 나를 사랑하겠다는 의지를 가지면 곧 그것이 선물이다. 말로만이 아니라 구체적으로 연습하고 행동해야 한다.

자기사랑의 실현을 위해서

첫째, 자신에 대한 사랑을 방해하는 감정적 요소를 버려야 한다. 이것을 ≪자기사랑≫에서는 비사랑을 흘려보내는 것이라고 했다. 비사랑을 흘려보낸다는 것은 자기를 인정치 않는 마음을 흘려보내는 것이다. 어떤 감정이 들 때 그 감정이 자기를 사랑하는 것인지 아닌지 판단하고 아니라고 생각되면 그 감정을 자기 속으로 들어오게 하지 않고 흘려보내는 것이다.

둘째, 나의 개성은 특별하고 나만의 창조적인 존재로서의 가치이고 다른 사람의 판단에 의해서 흔들려서는 안 되는 나만의 영역임을 이해하고 있어야 한다.

셋째, 자신이 가지고 있는 재능과 자질을 더 살리려는 노력을 해야 한다.

넷째, 내 몸에 대해서 세밀하게 느껴보는 것이 좋다. 나의 신체나 장기의 부위에게 말을 걸듯이 어떤 느낌인지 하나하나 귀 기울여보면 그 말을 들을 수 있다. 무겁다, 아프다, 피곤하다, 편하다, 귀찮다 등 이런 음성을 들어보고 해결해 주어라.

다섯째, 자신에게 긍정적인 확언을 해 주어라. 믿음을 주고 긍정적인 생각을 심어주어라. 예를 들면 힘들 때는 '오늘은 활력이 필요한 날이었어.' 너무 더워서 짜증이 날 때는 '정열적이어서 좋군.' 이런 식으로 어떤 환경에서도 그것을 받아낼 수 있는 힘이 있는 것처럼 자신을 대해보자.

여섯째, 아침에 양치를 할 때 거울을 보면서 자기 머리를 쓰다듬으며 '사랑해' '감사해'라고 말한다. 다른 사람에게도 '사랑합니다.' '감사합니다.'라는 말을 자주 사용하자.

일곱째, 자기에게 일정한 휴식과 즐거움을 주는 구체적인 행동을 하라. 맘 놓고 자는 시간, 여행, 옷을 사거나 체험활동과 같은 자신을 고양시킬 수 있는 구체적인 행동을 가끔 함으로써 에너지가 충전되도록 하자.

자신의 죄책감, 슬픔, 화, 분노, 두려움, 걱정, 근심, 조급함 등 이러한 감정들을 흘려보내주고 자신을 인정해주고 용서해주고 받아주고 긍정 확언으로 힘을 불어넣어 주고 사랑으로 아껴주는 것이 자신에게 주는 가장 좋은 선물이다.

5장

• • •

자존감을 수리하면 인생이 달라진다

01

결국 답은 감정 습관이다

기독신문의 구봉주 목사님의 칼럼 내용이다. 목사님 부부가 아이들을 데리고 가족여행을 가게 되었다. 그런데 호텔 목욕탕에서 아이들이 유리컵을 가지고 물을 옮기며 놀다가 유리컵을 깨뜨리고 말았다. 아이들은 혼이 날까 봐 말을 하지 않고 깨진 유리컵을 치우려다 그만 유리 조각에 손을 베이고 말았다. 그런데 그것을 보고 목사님은 벌컥 화를 내며 "왜 유리컵을 가지고 놀았어? 그리고 아빠한테 깼다고 먼저 말을 했어야지?"라고 화를 냈다. 그런데 이 모습을 보고 아내가 "왜 아이들에게 화를 내?"라고 물었다. 목사님은 멋쩍어졌고 이 일을 통하여 자신의 아버지가 형과 자기에게 무슨 일이 있을 때마다 이런 식으로 자기들을 대하셨던 것을 기억해 냈다고 한다.

박용철 정신과 전문의는 책 ≪감정은 습관이다.≫에서 '우리의 뇌는 좋은 감정보다 익숙한 감정을 선호한다고 밝혔다. 익숙했던 감정은 뇌 속에 표준으로 자리 잡기 때문에 오랜 기간 동안 불안했던 사람은 불안의 감정이 표준으로 자리 잡고 행복하고 감사하며 지냈던 사람은 행복과 감사의 감정이 표준으로 자리 잡는다. 그래서 뇌는 표준으로 자리 잡은 감정을 선호하고 거기에 집중한다.'고 했다.

심리학자 필립 브릭먼Philip Brickman의 실험에 의하면 '얼마 전 복권에 당첨되어 일순간에 큰 부자가 된 사람들과 최근에 사고를 당해 몸이 마비된 사람들 두 부류에서 시간이 갈수록 예상외로 복권에 당첨된 사람들의 행복도는 복권이 당첨되기 이전 수준으로 낮아졌고 사고가 난 사람들의 행복도는 시간이 지나자 사고가 나기 전과 비슷한 정도로 회복되었다.'고 한다.

이 실험에서도 알 수 있는 것은 우리 뇌는 항상성을 가지고 있다는 것이다. 지금 당장 돈이 많아져도 그 돈을 운용할 수 있는 크기의 의식이 안 되면 우리의 뇌가 가난했던 원래의 상태를 유지하려고 한다는 것이다. 생각이 늘 부정적이었던 사람은 부정적인 감정이 습관화되어 있는 것이다. 부정적인 생각과 감정은 성장 과정에서 설정된 자신에 대한 생각기반에서 나온다. 다시 말하면 자존감의 뿌리에서 형성된 것이다. 우리의 자존감은 성장과정이라는 오랜 기간 동안 가족과 타인과의 관계에서 자극을 받으면서 자신에 대한 감정 즉 자기 가치감과 자기 효용감이 만들어 진다. 용서와 사랑으로 수용 받아야 할 상황에서도 위의 칼럼에서처럼 나무람으로 대우를 받았던 사람은 부정적인 방식의 감정 습관을 가지기 쉬운 것이다.

나는 30대 초반부터 강박이 심했었다. 학교 사무실에서 근무할 때 퇴근하고 나오면서 불을 껐는지 끄지 않았는지 몇 번씩 확인을 해야 했는데, 확인을 하고 나서도 나의 뇌 속에서는 계속 해서 '불을 끄지 않았다. 불을 끄지 않았다.' 하면서 녹음테이프가 재생되는 것 같았다. 이처럼 나에게는 무한 반복 재생되는 감정과 말버릇들이 있었다. 끊임없이 돈이 없다는 걱정과 세상 사람들이 나를 좋아하지 않거나 사랑하지 않을 것이라는 생각, 남편에게는 '당신은 항상 그래', 그리고 엄마의 말을 잘 듣지 않는 아이들에게는 '엄마가 몇 번 얘기했는데 또 말을 안 들어?'등 이 이외에도 무한 재생되는 것들이 많았다. 어느 날 이런 나의 모습에 대해서 '나는 왜 그렇지?'라고 생각해 보았다. 왜냐하면 이런 식의 부정적인 삶이 너무 힘들었고 그것들로 인해 점철된 나의 모습은 세월이 지나도 좀처럼 변하지 않았기 때문이다. 좋은 방향으로 변하고 싶었지만 반대로 부정적인 삶의 결과들이 악순환 된다는 것을 경험하며 내 삶의 문제성을 깨달았기 때문이었다.

나는 이런 부정적인 감정 재생 습관을 끊고 싶었다. 그래서 나에게 왜 이런 습관이 지속되고 있는지 생각해 보았다. 심리학자 아들러가 중요하다고 강조한 것이 있는데 그것은 '자신의 행동은 자신이 결정한다.'라는 자기 결정성이다. 또한 그는 '감정에는 목적이 있는데 분노와 기대, 불안은 모두 어떠한 목적을 위해 이용된다.'라고 했다. 그것은 사실 전반적으로 나 자신에 대한 연민이었다. 나는 남편을 사랑한다는 이유로 남편에 대한 불만족스러운 것들을 무한 반복 재생하며 '나는 너무 힘들다.'라고 말하며 동정 받으려 했기 때문에 남편에 대한 고발을 너무 많이 했던 것 같다. 나의 감정 뒤에 숨겨진 목적에 대하여 깨달으면서 부정적 습관은 차차 좋아졌고 전에는 주 감정이 짜증으로 표출되었지만 지금은 건강한 화를 낸다. 내가 건강한 화를 내면 남편도 상처받지 않는다. 정신의학과 전문의 김용철 원장님도 어렸을 때 학교에 가기 싫으면 실제로 배가 아팠던 경험처럼 '고통스러운 감정 습관의 배후에는 그것을 통해 얻는 이익이 있다.'고 말했다.

또한 감정 습관은 중독적이다. 따라서 시간이 갈수록 강화되고 내면 깊숙이 자리 잡는다. 나에게 고집 센 사람 셋을 꼽으라면 나는 나이 든 사람, 많이 배우지 못한 사람, 그리고 상처 많은 사람을 꼽겠다. 물론 다 그런 것은 아니지만 우선 나이 든 사람은 자신의 성격과 감정, 그리고 자기의 관록을 좀처럼 바꾸려 들지 않는다. 그리고 많이 배우지 못한 사람은 아는 범위가 작기 때문에 자기가 아는 한계 안에 머물러 있기를 고집한다. 마지막으로 상처 많은 사람은 타인을 경계하고 혼자만의 벽이 있으며 겉으로는 유순한 것 같아도 무엇이든 쉽게 인정하려 들지 않는다. 자존감이 낮은 사람의 감정 습관도 중독적이다.

일본의 정원 디자이너이며, 다마미술대학 환경디자인과 교수인 마스노 슌묘의 ≪화내지 않는 43가지 습관≫이라는 책의 부제는 '행복은 습관이다.'로 되어 있다. 행복한 감정을 습관화하면 행복한 사람이 되는 것이다. 내가 남편에게 욕하지 말라고 하면 남편은 "욕 안하게 생겼어?"라고 반문했다. 그런데 그것은 나도 마찬가지였다. 걱정하지 말라고 하면 나는 "걱정이 되니까 걱정을 하지"라는 식이었다. 걱정되는 것을 나 스스로 어떻게 할 수 없다는 생각을 주로 했었다. 이러한 나의 고정된 감정습관은 이제 와서 돌아보면 다른 사람들과 나를 비교하며 거기에서 느껴지는 열등감이 많이 작용 했던 것 같다.

'지금 어떤 인생을 살고 있는가.'가 중요한 것이 아니라 '지금 내 인생에 어떻게 반응하고 있는가.'가 중요하다. 힘들고 어려운 일이 반복적으로 다가온다고 하더라도 그 사건에 반응하는 방식은 내가 선택할 수 있다. 부정적인 감정 반응방식을 긍정적인 반응방식이나 행복한 감정 반응방식으로 바꾸기로 마음을 달리 먹는다면 현재의 모든 상황은 한층 나아질 수 있다. 환경은 바뀌지 않는다. 내가 바뀌는 것이다. 자신을 바꿀 수 있는 사람은 오직 자신이다.

현재 보이고 있는 자신의 부적절한 감정습관의 이면에 어떤 목적과 이익을 두고 있는지 생각해 보라. 잠재되어 있는 미처 깨닫지 못했던 트라우마가 있는지도 생각해 보아라.

변하지 않는 인생의 굴레를 벗지 못한 채 계속 산다고 생각하면 그것처럼 절망적인 것도 없다. 자기의 인생 스토리에서 발생된 트라우마, 그리고 감정습관에 자신을 떠내려 보내지 않았으면 좋겠다. 어떤 감정습관을 가지고 살아가느냐가 중요하다.

02

좋은 감정이 모든 것을 바꾼다

새로이 관심을 갖게 된 이성에 대하여 흔히 상대방에게 좋은 감정을 가지게 되었다고 표현한다. 좋은 감정이란 참 따뜻함이 느껴지는 말 중에 하나이다. 좋은 감정이란 상대방 혹은 어떤 일이나 관계를 보는 감정적 시선이다. 인생에 대하여 삶의 전반적인 부분을 좋은 감정으로 본다면 그의 행동이나 말 그리고 태도는 따듯하며 온화하고 수용적인 태도로 모든 일을 대하게 될 것이다. 심은 대로 거둔다는 말처럼 나에게서 좋은 감정으로 나간 것은 좋은 결과로 내게 돌아오지 않을까?

그런데 자존감이 낮다면 우리의 감정적 반응은 전반적인 부분 혹은 특정 부분에서 긴장하고 경계심을 가지며, 닫혀있는 마음으로 인간관계를 불편하게 만들고 상대방을 저항하는 감정으로 보게 될 가능성이 높다. 이러한 저항과 경계심을 풀고 편안하고 좋은 마음으로 반응하는 사람으로 바뀐다면 그 사람의 인생도 달라질 수 있다고 믿는다.

나는 자존감이 낮았기 때문에 항상 내가 하는 일에 대해서는 확신이 없었고 다른 사람이 하는 모든 일은 다 잘 한 일이고 좋아보였다. 한편으로는 똑똑해 보이고 싶었고 겉으로는 표현하지 못했지만 속으론 다른 사람을 인정하지 않으면서 열등감에도 시달렸다. 이것은 내가 바보라는 말을 많이 듣고 자란 탓도 있는데, 알고 보면 가족들은 내가 바보라는 것이 아니라 내가 어렸을 때 큰집에 맡겨지기 전의 똘똘했던 모습과 큰 집에서 돌아온 이후의 차이가 극명했기 때문에 매일 그 말을 읊었던 것 같다. '그 때 바보 되었다.'라고 한 말을 '너는 바보다'라고 알아들었다. 부모님도 미숙했기에 나를 어떻게 해야 할지 몰라서 '너는 총명한 아이야'를 이런 식으로 매일 지적했던 것이라고 생각한다.

내가 나에 대한 무장 해제를 풀었을 때 좋은 감정을 가질 수 있다. 누구나 크든 적든 다 상처 한 가지씩은 있을 것이다. 나는 상처는 많은 오해를 포함하고 있다고 믿는다. 그렇지 않은 경우도 있겠지만 오해하고 있는 상처는 오해를 풀 수 있도록 그 사건에 대한 재해석이 필요하고 그렇지 않은 상처는 상대방의 약함을 인정해야 한다. 나도 부족하고 미숙하다. 상대방도 부족하고 미숙하다. 우리는 모두 피해자이며 동시에 가해자이다. 아픈 사실을 직면하고 저항과 경계를 풀면 좋겠다.

나는 나의 윗사람에 대한 신뢰감이 부족했다. 나는 조직 체계에서 윗사람을 어렵게 생각함과 동시에 무시하는 마음이 있다. 그리고 나에게 하는 지적이나 충고하는 따위는 듣지 않으려 하는 경향도 있다. 나의 아버지는 아버지로서의 권위는 별로 세우지 않으셨다. 친구 같은 좋은 아버지셨지만 가정의 모든 책임에는 무심한 편이셨고 오빠의 힘은 아버지의 권위를 대신했다. 나는 사랑과 돌봄과 관심을 받지 못하며 윗사람에 대해서 부정적인 평가를 가지게 되었다.

나는 나의 고집으로 이런 체계에 저항하는 것이 습관화되어 있었다. 그래서 내가 잘 듣는 말 중에 하나가 '고집이 세다.'는 것이었다. 내가 공부한 신학교의 대학교회에 있을 때 지금은 돌아가신 이사장이신 담임 목사님이 모든 신학생들은 수요예배를 절대 빠지지 않겠다고 믿음으로 선언하라고 말씀하셨다. 그 때 20여명의 대학교회 내의 신학생들 중에서 유독 나 혼자만 그것이 비성경적이라며 끝까지 거부했었던 일이 있다. 나 스스로 옳다고 생각되기 전 까지는 그 어떤 말도 순응하거나 좋은 감정으로 대하는 것이 없었다. 나는 사랑을 몰랐다. 그래서 나는 좋은 감정으로 씨를 뿌리지 않았기 때문에 좋지 않은 환경으로 수확하게 된 모든 것에 대해서 이제는 당연했다고 인정한다.

이것은 가정에서도 마찬가지이다. 매일 남편에게 잔소리 하느라 바빴었다. 남편은 말 수완이 없고 주로 화를 내거나 피해버린다. 듣지 않는 남편을 듣게 하려고 말 몇 마디를 나누다 보면 나도 모르게 잔소리를 또 하고 있었다. 하지만 지금은 즐거운 마음으로 남편을 대한다. 잔소리도 최대한 음절수를 줄여서 딱 한 마디만하고 그치려고 노력한다. 그리고 잔소리 대신 유머로 반응한다. 그리고 남편이 집에 들어올 때 이 세상에서 가장 멋지고 훌륭한 남편이 금의환향하는 것처럼 환대한다.

내가 달라진 만큼 남편도 감정이 안정되어 감을 느낀다. 며칠 전 남편과 강촌으로 드라이브를 갔다 오면서 느낀 것은 내가 좋은 감정으로 남편을 대하니 나의 마음이 훨씬 더 자유롭고 평화롭고 즐거워졌다는 것이 느껴졌다. 남편을 내가 생각하는 기준이나 기대를 가지고 보는 것이 아니라 자유로운 한 인격체가 그 나름의 삶을 살고 있는 모습을 구경한다고 생각하고 객관적으로 보니 그냥 재미있고 웃음이 나온다는 것을 느꼈다.

과거가 나를 지배하지 못하게 해야 한다. 교회에서 많은 사람들을 보면서 현재를 살고 있는 사람보다는 과거를 살고 있는 사람이 많다는 것을 알았다. 물론 나도 과거를 사는 사람 중에 하나였다. 관계 회복을 연구한 손드라 레이Sondra Ray가 '중요한 인간관계는 우리 자신과 부모님과의 관계를 그대로 반영하고 있다'고 주장한 것처럼 지금의 나는 엄마의 몸에 잉태되면서부터 태어나 자라 지금까지 이어지는 인간관계의 상호작용 속에 존재한다. 특히 상처가 많은 사람은 더욱 그렇다. 부모님께 영향받은 그대로의 모습을 재현하기도 하고, 조직 내에서 왕따를 당한 상처와 같은 트라우마의 영향을 받을 수도 있으며, 환경에서 오는 주입식 정보들의 영향도 받는다. 이런 것들로부터 만들어진 저항과 경계의 마음들을 놓아버리는 것이 과거를 살지 않고 현재를 사는 것이다. 현재를 살게 될 때 자력의 에너지와 좋은 감정으로 살아갈 수 있게 된다.

내 마음이 좋은 감정으로 채워지게 되면 모든 것이 달라지는 기초석을 놓는 것이다. 세상이 달라지기를 바라고 남이 달라지기를 바라면 평생 아무것도 달라지지 않을 것이다. 그리고 세상이 잘못된 것이 아니라 내가 잘못된 것일 수도 있다는 생각을 해 보아야 한다. 남이 잘못된 것이 아니라 내가 잘못된 것일 수도 있다는 생각을 해보아야 한다. 세상이 나를 위해 바뀌는 것이 아니라 내가 변하여 좋은 감정을 갖고 세상 속으로, 그리고 관계 속으로 들어가야 한다.

낮은 자존감이란 세상이 나만 알아주기를 바라는 유아적인 욕심이며 집착이다. ≪행운 사용법≫의 저자 현 에듀베리교육연구소 대표 조우석은 인생을 에고 게임과 셀프 게임으로 보고 에고 게임에서 셀프 게임으로 Life change하라고 권한다. 나 스스로 변화하고 내가 좋은 감정으로 대하면 세상도 나에게 좋은 것, 귀한 것으로 반응해 주는 것이다. 좋은 감정은 좋은 삶으로 바꾸어 주며 모든 것을 바꾼다.

03

나는 오늘도
행복을 선택한다

"행복하기를 원하는가?"

우리는 이 질문에 바로 '네'라고 대답할 것이고 '누구나 다 행복하기를 원하는 것은 당연한 것'이라고 생각할 것이다. 나는 인생을 살면서 종종 '당연한 것은 없구나!'하고 깨달을 때가 있다. 행복에 대해서도 마찬가지라고 생각한다. 행복을 선택하자고 말하기 전에 '내가 정말 행복하기를 원하는가!'부터 생각해 보았다. 왜냐하면 자존감을 수리하려면 내가 원하는 부정적인 그릇된 욕구를 버려야하기 때문이다.

사실 생각보다 행복에 대해서 관심이 크게 없을 지도 모른다. 왜냐하면 과거나 현재의 상황은 고치기 어렵고 행복할 수 있는 조건이 없다고 믿을 수도 있기 때문이다. 또는 현재 나는 부자가 아니어서 행복하지 않다거나, 외모가 마음에 들지 않아서 행복하지 않다거나, 직장이 별로여서 행복하지 않다거나, 과거에 안 좋은 일이 있었기 때문에 행복하지 않다거나와 같은 너무 많은 것들이 생각날 수 있기 때문이다. 게다가 자존감이 낮은 사람들은 행복이라는 말과는 거리가 멀다고 느낄 수도 있다. 이런 마당에 '행복하기를 원하는가?'라고 물어본다면 물론 입으로는 '당연하다'고 대답 할 수 있겠지만 속으로는 행복하지 않다고 생각하면서 그 느낌을 묵인 한 채 솔직하지 못한 대답을 했을 수도 있다. 나는 '행복하긴 뭐가 행복해!'라는 인생에 대한 불만 섞인 마음이 더 많았다. 그렇다고 행복한 적이 없었던 것은 아니다. 요즘 유행하는 소소하고 확실한 소확행의 시간들이 있었다. 그럼에도 불구하고 감정은 익숙한 것을 선호한다고 말한 것처럼 나는 부정적인 감정에 더 익숙해져 있었기 때문에 행복하다고 말하기도 어색했고 행복할 수 있다고 생각하는 것도 어색하게 느껴졌었다.

그래서인지 내가 정말 행복을 원하고 있을까를 생각해 본적이 있었다. 진정 원함이란 원하는 것을 얻기 위해서 행동하는 것이다. 하지만 어디선가 행복이 오기만을 기다리는 것처럼 수동적인 행복바라기일 수는 있지만 행복을 위해서 구체적으로 노력하지는 않았던 것 같다. 행복하기를 원한다면 행복을 얻기 위한 구체적인 행동이 필요하다.

미국 하버드대학교에서 행복학 열풍을 일으킨 긍정심리학 교수 탈 벤 샤하르Tal Ben Shahar의 책에서 '행복이란 어느 날 선물처럼 갑자기 찾아오는 것도 아니고 원하는 목표를 이루었을 때 가질 수 있는 것도 아니다. 행복은 끊임없이 발견해야 하는 것이고 선택해야 하는 것이며 훈련이 필요한 것이다. 그리고 돈이 많아도 권력이 있어도 행복을 발견하고 영위하는 법을 알지 못한다면 행복을 누릴 수 없음을 알아야 한다.'고 했다. 성경에 '천국은 침노하는 자의 것이다.'라는 구절이 있다. 내가 이 말을 하는 것은 행복하기 위해서, 그리고 행복을 선택하기 위해서는 매우 능동적이어야 하기 때문이다. 행복을 선택하기로 작정해야하기 때문이다.

감정은 생각에서 온다. 부정적인 생각에서 부정적인 감정이 온다. 긍정적인 생각에서 긍정적인 감정이 온다. 행복을 선택하려면 이도 역시 관점을 달리해야 한다. 환경 자체가 불행하거나 행복한 것이 아니다. 아무리 좋지 않은 환경이라고 하더라도 그것을 어떻게 보고 해석하느냐에 따라서 불행하게 살기도 하고 반대로 행복하게 살기도 하는 것이다. 자존감이 수리되어서 인생이 달라지고 자아를 성취할 수 있는 사람으로 성장하고 의미 있는 삶이 되기를 원한다면 행복을 선택하기로 결심하자.

그 구체적인 방법은 감사일기와 같은 방법으로 일단 무조건 '행복합니다.'를 붙여 모든 일상이 행복한 감정으로 이어지게 하는 것이다. 직장에 출근할 때는 '오늘도 출근해서 행복합니다.'라고 말한다. 샤워를 할 때는 '씻을 수 있어서 행복합니다.'라고 말한다. 청소를 했을 때는 '깨끗해서 행복합니다.'라고 말한다. 일상의 일들을 '힘들다.' '피곤하다.' '쉬고 싶다.' '돈이 없다.'라는 생각들 대신 '행복합니다.'로 채워라. 그리고 일상적인 일 외에 좋지 않은 일이 발생했을 때도 마찬가지이다. 남편이 늦게 들어와서 속상할 때 '남편이 늦게 들어와서 나만의 시간이 길어져서 행복합니다.'라고 말한다. 직장에서 낮은 직무 평가를 받았다면 '정신 차리고 더 좋은 성과를 위해 집중할 수 있도록 긴장을 주셔서 감사합니다.'라고 말한다. 접촉사고가 있었다면 '보험이 있어서 행복합니다.' '이 정도라서 행복합니다.'라고 말한다. 나는 고등학생인 딸아이가 혼자 공부하겠다며 자퇴를 하고 싶다고 1학년 내내 나를 힘들게 했을 때 '딸이 주관이 확실해서 감사합니다. 딸이 자기 주도 학습을 한다고 하니 행복합니다.'라고 말했다. 그때 엄마로서 나의 마음은 참담하고 힘들었다. 그러나 딸로 인한 좌절과 근심걱정과 같은 부정적인 감정 상태에 들어가는 것은 금물이었다. 나는 행복하기로 결심했고 그것은 안 좋은 일이 있을 때도 마찬가지였기 때문이다. 딸아이는 지금 학교에서 누구보다도 열심히 공부하고 있다.

감정습관에서 말한 것처럼 뇌는 익숙한 것을 선호해서 사소한 일에도 부정적인 생각과 감정으로 치달으려 하기 때문에 체질화되기까지 지속해야 한다. 나는 자존감이 낮은 사람들의 예민함을 한편으로는 긍정적으로 생각한다. 부정적이기 때문에 예민하고 까다로운 것은 자신의 불행을 자초하는 것이 될 수 있지만 만일 행복하기로 결심한다면 행복으로 나아갈 뿐만 아니라 예민함도 유익하게 작용될 때가 있을 것이라 믿기 때문이다.

숀 스티븐슨Sean Stephenson의 메시지를 전하고 싶다. 그는 90cm의 키에 몸무게는 겨우 20kg이 넘는 남자로 희귀질환인 골성형부전증을 안고 태어났다. 숀은 많은 사람들의 삶을 변화시킨 거인이며 현재 심리치료자이자 스타강사이다. 재채기를 하면 갈비뼈 2개가 나가고 기침을 하면 쇄골이 부러졌으며 200번까지 뼈가 부러지는 것을 세었다고 한다. 뼈가 부러지면 체온이 오르고 호흡이 불규칙해지며 누군가 칼로 찌르는 것 같이 고통스러웠다고 한다. 그가 '내가 무엇을 잘못했기에 이래야 하지? 왜 내가 이런 고통을 당해야 하지?'라고 할 때 그의 어머니는 숀의 머리를 쓰다듬으며 눈을 지그시 바라보며 '이 장애가 네 인생의 선물일까? 짐일까?'라고 말했다고 한다.

숀은 말한다. "우리는 무엇이 의미 있는지를 선택할 수 있어요. 그리고 어떻게 행동할지도요. 자신이 불행하다고 느끼는 사람들을 보면 항상 화가 나있고 우울감에 빠져있어요. 이들은 실제로 저주 받은 것이 아니라 자신을 끌어내리는 방식으로 삶을 선택하고 있는 거예요. 그리고 거기에 따라 삶을 선택하고 있는 거고요. 행복은 선택이에요. 행복은 그냥 떨어지는 것이 아니라 당신에게 일어난 일을 어떻게 받아들이느냐에 달렸어요."

모든 사람이 행복하고 성공하기를 바란다. 그것은 선택이다. 영국 문예부흥기의 유명한 시인 에드먼드 스펜서Edumund Spenser도 '불행한 사람과 행복한 사람, 부자와 가난한 사람을 만드는 것은 마음이다.'라고 했다. 우리 감정의 원인을 외부에서 찾지 않아야 한다. 우리의 선택은 결과를 가져온다. 긍정적인 선택을 했을 때 긍정적인 결과로 돌아온다. 행복을 선택해야 행복해진다. 나는 오늘도 행복을 선택한다.

04

감정을 다스리면 진짜 인생이 시작된다

'나는 생각한다. 고로 존재한다.'가 아닌 '나는 기억한다. 고로 존재한다.'로 시작하는 한 뇌 과학자의 칼럼을 읽었다. '우리 뇌에는 신경세포인 뉴런이 1000억 개 정도가 존재한다. 신경세포인 뉴런은 우리몸 전체를 통제하고 서로 엄청난 신호들을 주고받는다. 뉴런과 뉴런이 연결되는 곳을 시냅스라고 하는데 기억은 바로 이 시냅스에 저장되며 기억의 본질은 추상적인 것이 아니라 뇌에서 일어나는 전기 화학적 작용이다.'라고 말했다. 또한 '뇌는 감각을 통해서 경험한 사건을 순전히 자기 주관적으로 해석해서 중요한 부분만 재구성해 저장한다.'고 한다.

감정은 우리 뇌가 자극으로부터 감각을 통해서 경험한 사건을 주관적으로 해석한 결과물인 것이다. 따라서 우리는 자의적 해석에 의한 감정 상태를 가지고 화를 내거나 불안해하거나 의기소침해 하는 상태가 되는 것이다. 그렇기 때문에 거기에는 오해의 소지가 다분히 있다고 생각한다. 우리는 한 사람 한 사람 모두 다 너무나 뛰어난 자질과 가치 그리고 존귀성이 있다. 나는 내가 너무 찌질함에도 불구하구 내안에 무한 가능성과 창조적인 씨들이 있다는 것을 종종 느끼곤 한다. 내가 이런 것들을 깨닫기 전까지는 얼마나 많은 시간과 정력과 힘들을 감정에 쏟으며 살았는지 모른다.

나는 어머니가 나를 사랑하지 않았다고 믿었고 따뜻한 눈빛 한 번 주지 않은 엄마, 온정의 스킨쉽 한 번 해주지 않은 엄마로 기억한다. 어느 날 나는 혼자 길을 걸으며 "나는 엄마에게 사랑받고 싶었어요."라고 중얼거렸다. 그 한마디를 뱉어놓고 보니 괜히 허무하기도 하고 시원하기도 하고 마음이 가벼워진 것 같기도 했다. 자주 나타나는 감정 패턴, 그 중에서도 부정적 감정 패턴은 그 감정 패턴을 가지게 된 역사가 있을 것이라고 생각한다. 그 역사를 찾아 들어가 보면 내가 가지고 있던 나를 휘두르는 감정, 나를 가로막고 있는 감정에서 빠져나와 객관성을 가지고 사건을 다시 볼 수 있다.

우리 어머니도 감정표현에 서투르셨다. 어머니는 아버지를 사랑하셨지만 아버지에 대한 이상과 기대는 전혀 채워지지 않았고, 자녀 넷을 소심한 성격의 어머니가 먹이고 가르치기 위해서 어떻게 살았는지를 생각하면 눈물이 난다. 어머니는 몸이 약하고 밥을 잘 못 먹는 나에게 녹용을 사다가 먹이시기도 했다. 나는 어머니에게 미안해서 억지로 밥을 먹었던 기억이 있다. 전학 서류의 분실로 학교를 다니지 못하고 있을 때 어떻게 할 줄을 몰라 내 손을 잡고 학교에 찾아가 이 아이를 학교에 다니게 해 달라고 교장 선생님에게 무작정 조르던 우리 어머니셨다. 그럼에도 불구하고 나는 어머니와의 감정적 교류가 이루어지지 않았다는 이유로 어머니가 나를 사랑하지 않았다는 마음의 상처를 가지고 있었고 부정적 감정이 주로 나를 지배했다. 그리고 그것은 확대 해석되어 세상도 하나님도 나를 사랑하지 않는다는 데 까지 다다르게 되었다. 걸핏하면 자기 잘못은 인정치 않고 '내가 뭘 되겠어.' '거봐 하나님도 나를 사랑하지 않는 것이 분명해.' '부모도 하나님도 나에게 해 준 게 아무 것도 없어.'라는 식으로 생각했었다.

감정이 다스려지지 않는 사람은 그로 인해서 많은 피해를 입는다. 아직도 징징거리고 조르는 어린아이처럼 자기감정에서 못 빠져 나온다면 결국은 그 대가는 자신의 인생에서 치러진다. 그렇지만 인생은 모든 것이 다 내 잘못도 아니고 다 남의 탓도 아니다. 다만 나의 건강하고 행복한 삶을 위해서 지금까지 다스리지 못하고 있었던 감정으로부터 방향전환이 필요할 뿐이다.

방향전환을 위해서 먼저 자신에게 다스리지 못하고 있는 감정이 있는지에 대한 인식이 중요하다. 나는 내가 그런지, 그렇지 않은지 모르고 오랜 세월을 살았다. 그냥 '원래 나는 그래'라고 하면서 나의 감정을 합리화했다. 그리고 항상 '내가 옳다.'는 생각에 빠져 있었다. 그랬기 때문에 누가 조금만 뭐라고 해도 서운하게 생각하거나 상대가 나쁜 것이라고 생각했다. 감정을 다스리지 못하는 사람은 감정을 정당화하고 실제보다 확대해석하는 경향이 있다. 모든 것에 의심이 많고 두려움이 많은 성향의 한 친척이 언젠가 우리 집에 사전연락 없이 방문한 일이 있었는데 그 때 집에 아무도 없었기 때문에 허탕을 치고 돌아간 모양이었다. 그 사람이 후에 나에게 "왜 그때 문을 안 열어 주었어요?"라고 물었다. 나는 "그래요? 제가 집에 없었나 봐요."라고 대답했지만 속으로는 어이가 없었다. 이런 일들은 일상에서 무심결에 다반사로 일어난다. 자신에게 분노나 소외감, 괴로움, 수치감, 열등감 등을 느끼고 있는지 물어보고 스스로 문제시하고 의식하는 것이 먼저이다. 이런 것들을 바로잡으면 삶의 질은 달라질 수 있다. 감정에 지배되는 인생이 아니라 인생의 주인으로서 내가 원하는 나의 인생을 살아야 한다.

먼저 자신의 감정적 문제를 인식하고 인정하며 근원이 무엇인지 생각해 보아야 한다. 이것이 중요한 이유는 내가 내 감정에서 뒤로 물러서서 보면 나의 주관적인 해석으로 상처로 여겼던 것이 사실은 나만의 오해였을 가능성이 크기 때문이다. 그리고 화를 내거나 우울해하거나 죄책감을 느낄 때 그것을 하나의 언어로 사용했을 가능성도 크다. 늘 화가 나 있는 사람은 말로 말을 하는 것이 아니라 화를 언어로 사용하는 것이다. 죄책감이나 우울해하는 것도 마찬가지다. 나는 오랜 세월 동안 죄책감이나 우울감을 언어로 사용했다. '나는 의로운 사람이라 죄책감을 가지고 있는 것이다.'라는 언어로 타인에게 말하고자 했다는 것을 깨달았고, 우울감도 나에게 관심을 가져달라는 의도로 타인에게 말하고 있는 것이었음을 깨달았다. 이것은 감정표현의 미숙함이기도 하고, 자기의 감정이 받아들여지지 않았던 과거를 향한 무언의 저항 때문에 이런 식의 언어를 사용하게 되었는지도 모른다. 이런 것들이 언어대신 자기표현을 하려는 것에서 기인되기도 하는 것이다.

자기감정의 주도권은 자기가 가지고 있다는 것을 우선 믿어야 한다. 특히 자존감이 낮은 사람들은 저조한 기분이나 무기력감, 그리고 소외되는 느낌 같은 감정들이 왔을 때 '나만 이렇다.'라고 느낄 수 있다. 그러나 모두가 감정의 요동함이 있고 다만 그것을 붙들고 늘어지는지 그렇지 않은지의 차이 밖에 없다. 어떤 감정 때문에 힘들 때 나는 '괜찮아. 됐어. 거기까지.'라고 스스로에게 명령한다. 그리고 계속 이런 저런 생각이 나고 잠잠해지지 않으면 나는 나의 뇌를 가리키며 "나의 뇌야 됐어. 이제 가만히 있어. 조용히 해."하고 명령하듯 말하기도 한다. 그러면 훨씬 괜찮아진다.

그리고 남편이나 자식이나 타인이 내가 생각하는 기준에 맞지 않을 때 그 사람을 바꾸려 하지 않아야 한다. 내가 가치 있는 존귀한 존재인 것과 마찬가지로 그들도 그렇다. 내 마음대로 존재해야 하는 사람들이 아니다. 우리가 할 수 있는 것은 내가 원하는 것을 진실한 마음으로 말하고 상대방의 인격에 호소할 뿐이다. 따르고 따르지 않고는 상대방의 마음이다. 그리고 감정에 함몰되는 것이 아니라 현재에 집중해야 한다. 현재에 집중하면 감정에 잘 함몰되지 않게 되고 함몰되었다가도 빠르게 회복된다. 그리고 현재 자기의 꿈과 목표에 포커스를 맞추어야 한다. 지속적으로 나의 목표를 향해 가고 있으면 감정도 미래를 향해 주도성을 가지게 되어 과거의 감정에 사로잡혀 시간을 허비하지 않게 된다.

내 감정의 주도권을 내가 가지고 갈 수 있도록 그 근원을 생각해보고, 감정에서 떨어져 객관적으로 보고, 감정에는 많은 오해가 숨어 있으니 그것을 풀어야 한다. 과거에 나쁜 감정을 일으켰던 사건이 해석이 되면 그 감정도 사라진다. 그러나 습관화된 감정에 지배되지 않도록 연습하고 훈련하는 것도 필요하다. 감정을 싣지 않고 말하는 방법을 배워야 한다. 또 내가 생각한대로 움직여 주지 않는 상대방에게 종주먹을 대는 것은 그 어떤 경우에도 내가 잘못하는 것임을 알아야 한다. 상대방의 인격에 호소하고 상대방이 주체적으로 선택할 수 있도록 보아줌의 시간을 가지고 기다려 주어야 한다. 감정을 다스리면 그 때부터 진짜 인생이 시작된다.

05

관계가 풀리면 경제력도 풀린다

인생은 관계에서 시작되고 우리는 그 관계 속에서 살아간다. 관계는 우리 삶의 중심에 있다. 항상 신경 쓰이고 마음에 걸려있는 일 중에 하나이다. 우리는 관계에서 상처받고 관계에서 힘을 얻는다. 자존감을 논하는데 내가 경제력에 대해서 말하는 이유는 자존감이 관계의 문제이고 관계의 문제에서 묶인 것이 있으면 돈의 문제도 막힌다고 생각하기 때문이다.

내가 신학교에 다닐 때 한 교수님은 '신통하면 인통하고, 인통하면 물통한다.'라고 말씀하셨다. 신통은 하나님과 통한다는 뜻인데 이것은 용서와 화해의 의미이다. 마음의 격이 없어지면 사람들에게 스스럼없이 다가

갈 수 있는 편안함과 당당함과 자유로움이 있게 되고 사람과 통하면 물질도 통하게 되어 경제적인 삶을 유용하게 이끌어갈 수 있게 된다는 뜻의 말이다. 종교와 관련 없이 누구라도 스스로 마음에 걸림돌을 가지고 있다면 그것은 관계에서 늘 드러나게 된다.

오래전에 TV에서 본 장면 중에 기억에 두고두고 남는 장면이 하나 있다. 불타는 한 여름이었다. 아스팔트 위의 열기가 보기만 해도 숨이 턱 막힐 만큼 더위가 느껴지는 서울의 어느 큰 역 앞 광장이었다고 기억한다. 아르바이트를 하는 대학생의 모습이었다. 제법 큼지막한 아이스박스에 아이스크림을 담아 놓고 광장을 오가는 많은 사람들을 향하여 "이 아이스크림을 먹으면 얼음같이 시원해지고 늘어진 피부도 확 당겨 올라가 당장 탱탱한 피부를 만들어 줍니다. 특별히 예쁜 아가씨들 다 사드세요."라고 외쳤다. 대학생은 신나게 떠들고 있었고 사람들은 아이스크림 자체보다는 이 젊은 대학생의 패기와 호탕함에 반하여 다 모여들어 아이스크림을 사먹는 장면이었다. 그 대학생의 모습을 보면서 나는 정말 감탄했다. 그 광장에서 아무 거리낌이 없었고 신명이 나 있었다. 자기는 대학교 등록금을 벌고 있노라고 인터뷰를 했다. 부끄러움에 전혀 매인 것이 없는 그 모습이 아직도 기억에 남아 있다. 반면에 가끔 노점장사를 하는 사람들을 유심히 보면 물건을 펼쳐 놓고 먼 산만 바라보고 있는 사람이 있다. 먹고 살려고 억지로 나온 티가 나는 그런 사람을 보면 나도 걱정이 된다.

직장에서도 당당하고 활발하고 호의적인 사람이 있는가 하면 감추고 경계하고 함께 일하면서 독도에 혼자 사는 것처럼 지내는 사람이 있다. 교회에 가거나 어떤 모임에 가도 사람들의 그런 모습들을 볼 수 있다. 나는 자연인이라는 프로그램을 잘 본다. 그리고 매년 봄이면 한 번씩 멀리 산에 가서 들나물, 산나물 캐는 재미를 챙긴다. 그 프로그램에 나온 사람들의 인터뷰 내용을 보면 사람들과의 관계 스트레스를 피해서 자연과 함께 하면서 어떤 스트레스도 없는 그곳의 삶이 행복하다고 말한다. 하지만 인간은 관계에서 존재의 의미를 찾을 뿐만 아니라 관계의 고통 속에서 성장한다.

나는 성장이라는 것은 정신적인 측면 뿐 아니라 정신적인 성장에 따라 경제적인 성장도 도모되는 것이라고 생각한다. 정신적인 성장은 자신의 삶에 보다 적극적으로 반응하는 자존력의 성장이다. 그에 따라 돈벌기는 돈을 벌 수 있는 자신감과 경제력을 향상시켜 나갈 수 있는 적극적성을 가지고 더 큰 성과를 이룰 수 있어야 한다고 믿는다. 자존감이 낮을수록 인간관계는 위축될 가능성이 높다. 대부분의 낮은 자존감의 사람들은 다른 사람들을 만날 때 그 사람이 어떤 사람인지에 대한 관심보다 상대방이 나를 어떻게 볼지에 더 신경을 쓰게 될 것이다. 그리고 사소한 자기의 행동에 대해서도 사람들이 나를 어떻게 볼지에 대해서 의식되는 것을 끊지 못한다. 이런 모습들은 나의 모습이기도 했다. 다른 사람들과 나를 비교하며 다른 사람들은 다 잘 살고 있고 문제가 없어 보이는데 나만 보잘것없는 것 같은 느낌이 들면서 하는 일에도 자신감이 떨어졌다. 그리고 남 탓을 많이 했다. 지금 와서 생각해보면 별의별 핑계를 다 대며 스스로 자기를 책임지고 굳건히 하기를 회피하며 살아왔다고 생각된다.

나는 자존감을 세우면 사람들과의 관계를 잘 맺을 수 있고 관계를 잘 맺으면 경제에 대한 태도도 달라진다고 믿는다. 돈의 문제는 외부의 문제가 아니라 나로부터 시작되는 문제이다. 나는 평생 크게 부유하게 살아본 적이 없다. 지금이 제일 부자다. 돈 걱정 골수인 내가 돈 걱정 안 하고 피해의식 없고 불필요한 비교의식에서 벗어났다. 지금은 훨씬 자유롭고 행복하다. 돈에 대한 대응 방식도 달라졌다. 나는 돈에 대해서 공부하고 돈의 통로에 어떻게 그물을 칠 것인지를 생각한다. 전에는 상상할 수 없는 생각을 하고 그렇게 찾아가는 작은 일들을 하면서 자격지심도 없어졌다. 오로지 직장에 다녀서 들어온 수입으로 '평생 가난하게 살 수밖에 없을 거야'라는 이런 식의 마음과 태도가 달라졌다는 뜻이다. 이것은 나의 자존감이 회복되어감에 따라 나타난 성과이다. 관계에 대한 성과 그리고 돈에 대한 태도의 성과이다. 이런 말을 하기에는 이를지 모르겠으나 그래도 하는 것은 이것만으로도 너무 대단한 변화이기 때문이다. 최근에 내가 깜짝 놀란 일은 내가 스스로 '가난하게 살기를 원했다'는 말도 안 되는 내 숨은 심리를 알게 된 것이었다.

부의 멘토 ≪백만장자 씨크릿≫의 저자 하브 에커T.Harv Eker는 '정신과 감정과 영적 세계에 입력된 정보를 바꿔야만 문제가 해결될 수 있다. 돈은 결과다. 부자는 결과다. 건강도 결과다. 질병도 결과다. 우리는 원인과 결과의 세상에 살고 있다.'라고 말했다. 그리고 그 원인이 되는 뿌리는 외적인 세상을 바꾸는 오직 하나, 내적인 세계를 바꿔야 한다고 말했다.

자존감이 수리되면 관계와 소통을 원활하게 하게 되고 그렇게 되면 경제력을 도모하는데 있어서 부의 결과를 얻어 낼 수 있을 것이라 믿는다. 자존감이 수리되는 것은 모든 삶이 수리되는 것이다. 우리 안에 가능성과 무한한 신의 창조성이 감추어져 있다. 어떤 식으로든 그것을 발견해 내는 것의 기초는 자존감이 수리되는 것이다.

하브 에커가 말한 것처럼 정신과 감정과 영적 세계에 입력된 정보가 바뀌는 것이다. 나는 이 정보에 얼마나 많은 왜곡들이 있는지를 깨달았다. 자신의 부족한 면에 초점을 맞추고 그것만을 확대시키면서 그릇된 정보의 희생양이 되어 자신의 삶을 스스로 부끄럽게 만들며 살고 있었다. 자존력이 생기고 자기를 수용하고 사랑하게 되어 관계의 불편함이 아니라 관계의 즐거움이 생기면 긍정적인 에너지가 넘쳐 나오게 된다.

우리나라의 변화경영 전문가 구본형의 책 ≪그대, 스스로를 고용하라

≫에서 그는 '우리는 자신의 내면을 따라가는 여행에서 수많은 잠재력과 알려지지 않은 재능과 가능성을 만나게 될 것이다. 수많은 희망과 미래로 통하는 섬광을 보게 될 것이다. 아무것도 없던 빈곤에서 풍요의 싹을 발견하게 될 것이고, 평범함 속에 갈무리된 자신만의 힘을 발견하게 될 것이다.'라고 했다. 우리의 내면의 문제가 풀리면 관계가 풀리고, 관계가 풀리면 경제력에도 영향을 미친다.

06

달라서 더 특별하다

엄마들이 아이를 낳아서 기를 때는 다 내 아이는 '혹시 천재가 아닐까' 생각한다. 아이의 탁월성을 보면 감탄에 마지않을 수 없기 때문이다. 그리고 아이가 필요로 하는 것 이상으로 아이에게 물심양면으로 모든 것을 제공하고 돌보아 주며, 아이는 단순히 울거나 찡그려 뭔가 필요한 것이 있다고 표현하기만 하면 득달같이 엄마가 달려가 모든 것을 다 해준다. 이럴 때 아이는 확실히 특별한 존재임이 맞다.

그러나 커가면서 부모나 형제 또는 친구와 같은 여러 관계들을 경험하면서 자신이 특별하지 않다는 것을 염두에 두어야 살기가 수월함을 깨닫게 되고, 그러면서 공존에 필요한 마음가짐이 훈련된다. 그러나 사람은 누구나 자기가 특별한 존재라는 생각을 어렴풋이 가지고 있는 것 같다. 나는 자존감이 낮았지만 속으로는 늘 나는 특별하다고 생각했고, 또 특별하고 싶었다. 그래서 옷도 남들과는 다르게 입고 싶어서 디자인이 특이한 옷을 주로 골라 입었었다. 부끄러움을 많이 탔지만 한편으로는 사람들의 시선이 나에게 모이는 것을 좋아했다. 화가가 되고 싶기도 했고 선교사가 되겠다는 생각을 하기도 했다. 뭔지는 모르지만 내 인생은 특별한 인생이 될 거라는 생각을 했다. 그리고 내 나이가 50대 후반에 이르렀으나 지금도 나는 나의 독특성과 특별성을 느낀다. 하지만 이것은 비단 나뿐만이 아니리라. 나는 우리 모두가 특별하다고 믿는다. 한 사람 한 사람을 자세히 들여다보면 확실히 우리 모두는 각자 특별하고 탁월하다. 그런데 이런 특별함은 상처로, 환경의 눌림으로, 억압으로, 배와 함께 바다 깊은 곳에 가라앉은 보물처럼 묻혀 있다.

나는 느리다. 감정 변화도 느려서 싸움을 못한다. 바로 대응해야 하는데 한 박자 느려서 감정 소비만 하고 상처만 고스란히 남는다. 내가 교회에서 유치원 보조교사를 한 적이 있는데 꼭 나와 비슷한 성향의 아이를 보았다. 나는 그 아이를 보고 나에 대한 이해를 넓혔다. 그 아이는 6살로 기억하는데 그림을 굉장히 잘 그리는 아이였다. 다른 아이들보다 느렸지만 뭐든지 천천히 자기 세계에 집중하는 힘이 있었다. 전체 커리큘럼 진행에는 방해가 되는 상태였기에 그 아이는 선생님들로부터 자꾸만 제지를 당해야 했다. 내가 저렇게 답답하고 느렸겠구나 하고 생각하니 내가 재촉을 당하고 억압을 당할 수밖에 없었던 환경이 이해가 되었다. 나는 그 아이를 보고 '저런 아이를 자기 속도대로 갈 수 있도록 만들어 주면 틀림없이 천재성이 나올 텐데...'라는 생각을 하며 사람은 각자 다 다르다는 것이 이해되었다.

어떤 한 아이는 관계 천재였다. 그 아이는 여자아이였는데 자기 마음대로 사람을 요리할 줄을 알았다. 자기 마음에 들지 않는 아이를 다른 아이들을 주동해서 따돌림 당하게 만드는 것도, 마음에 드는 아이들은 무리를 만들어 자기가 원하는 방식대로 놀게 만드는 것도 이 아이는 능수능란했다. 거기에는 정리 천재도 있었다. 그 어린 나이에 옷이나 주변 정리, 자기 사물함 정리를 어른보다도 완벽하게 하고 연필통의 연필도 키대로 맞추어 꽂아 놓아 흐트러짐이 없었다. 나는 아이들을 보면서 우리 모두가 나름 다 특별하다고 생각했다.

나는 이러한 특별함들이 사회성이라는 명목으로 눌리고 사장되어 우리의 생각마저도 생각하는 것이 아니라 생각당하며 사회통념에 굴복한 틀에 맞춰진 각자의 모습이 자존감의 회복으로 그 특별성이 다시 살아나길 기도한다. 자기의 개성을 충분히 인정하고 받아들이며 이 탁월함과 특별함이 발현되지 못하도록 상처받고 눌린 것들로부터 다시 일어서기를 기도한다.

우리는 신으로부터 지음을 받을 때 신의 호흡을 받아 살아있는 영혼이 되었다. 다른 동물과 식물과는 달리 신의 손길이 직접 닿아 만들어진 창조성을 가지고 있으니 탁월할 수밖에 없다고 생각한다. 남이 이러니까 나도 똑같이가 아니라 남과 다른 나만의 특별성이 각자의 탁월함이다. 자기의 개성을 환영하고 인정해주고 더 계발시킬 수 있다면 그보다 더 좋을 순 없다고 생각한다.

미국의 사상가이자 시인 랄프 왈도 에머슨Ralph Waldo Emerson은 '인간은 시인과 현자가 노래하는 창공의 광채보다 자신의 내면에서 반짝이는 섬광을 감지하고 보는 법을 배워야 한다.'고 말했다. 나는 오랫동안 만성적인 우울증과 무기력증을 겪었지만 그 가운데 핵심적인 괴로움은 나는 특별하고 창의적이며 재능이 있다는 생각이었다. 이것이 억압받고 나의 존재성을 인정받지 못하는 것이 괴로웠다. 그리고 남이 생각하라는 대로 생각해야 했고 보라는 방법대로 보아야 했다. 나는 다르고 싶었지만 가정이나 사회는 그러면 안 된다고 가르치고 야단을 쳤기 때문에 나는 내가 원치 않는 사회통념을 배우고 익히며 자랐다. 하지만 마음은 항상 반항심으로 가득했다. 나는 똑같이 경쟁하는 사회에서의 경주를 싫어한다.

하버드 경영대학원 문미영 교수는 ≪Different≫라는 책에서 '많은 기업이 약점의 보완에 힘쓰는 나머지 결국 모두가 평준화되는 협상에 대해 경고하며 평준화의 정 반대의 길, 즉 장점을 더욱 강화해 차별화의 수준을 높여야 한다.'고 말했다. 개인도 마찬가지라고 생각한다. 남들과 비교하며 '왜 나는 남들처럼 이것도 못하고 저것도 못하나'라는 생각으로 열등감을 가질 필요가 없다. 내가 가지고 있는 독특성을 받아들이고 자신을 있는 모습 그대로 사랑하며 인정하고 나만의 고유한 특성에 대해서 감사하기를 바란다. 고유한 나만의 특성은 매우 소중한 자산이다. 어릴 때는 무조건 다른 사람들을 보며 흉내 내고 경쟁하면서 내가 남들과 다르다는 것을 상처로 생각했을 수도 있겠지만 이제 우리는 어른이 되었지 않았는가? 남들과 달라서 더 특별하지 않은가? 다른 것이 바로 나의 가능성이다. 다른 사람들과 다르기 때문에 더 특별한 나로 나아가기를 바란다. 내가 세상 사람들이 선호하는 누군가를 닮지 않았어도 나로서는 멋진 존재다.

길을 지나다가 가끔 특별히 눈에 띄는 사람이 있다. 다른 사람의 시선을 사로잡는 것은 다른 사람들과는 차별되는 특별함이 있어서다. 우리 동네에는 적어도 70줄의 나이는 되어 보이시는 한 할머니가 계시다. 그 할머니는 청재킷에 스키니 바지에 발목 구두를 신고 다니신다. 한 번 더 쳐다보지 않을 수가 없다. 다름은 다양성이고 특별함이고 아름다움이다. 세상의 꽃의 종류는 수없이 많다. 그 중 하나의 꽃이 내가 피워내야 할 꽃이고, 그것은 그 어떤 것도 닮지 않은 나만의 꽃피움이다. 달라서 아름답고 달라서 특별하다. 자기 가능성을 실현할 수 있는 사람이 되기를 바란다.

나이가 들어서 아이들을 보면 하나하나 신기하고 예쁘지 않은 아이가 없고 특별하지 않은 아이가 없다. 하늘에서 하나님이 보신다면 우리 모두가 그럴 것이다. 특별하고 온전하고 눈에 넣어도 아프지 않은 존재들이다. 우리는 개성이라는 선물 때문에 세상 모든 사람들 중 그 누구도 나와 똑같은 사람이 없다. 우리는 달라서 더 특별하다.

07

행복한 감정이 인생의 행복을 결정한다

행복이란 무엇인가?

≪새벽을 여는 리딩이 인생을 바꾼다.≫의 새벽경영연구소 대표 김태진 저자의 까페 강의를 들으러 갔다. 대표님은 이런 이야기를 했다. '보통 사람들이 행복이라고 하면 돈 잘 벌고, 잘 먹고, 잘 쓰고, 잘 사는 것을 행복이라고 생각하는데 장애인 홈스쿨링을 하면서 한 엄마가 매우 감격해 하는 모습을 보며 행복은 사서 고생하는 것이라고 생각했다.'

99세의 철학자 김형석 저자도 ≪행복예습≫이라는 책에서 '행복은 케이블카를 타고 산 정상에 올라가는 것과는 다르다. 산 밑에서 등산하는 등산객과 같은 것이다. 그렇게 힘들게 올라가는 과정이 행복의 장소다.

바위를 넘고 계곡을 넘는 자체가 등산이다. 그렇다고 등산을 중단하고 무의미하다고 생각해서는 안 된다. 정상에 올랐을 때의 희열을 느끼기 위해서는 과정으로서의 어려움과 난관을 극복해야 하며 그 극복 자체가 또 하나의 행복이다. 새로운 사건이나 상황이 행복이 아니라 그것을 극복하는 마음의 자세에 행복이 머문다.'라고 했다.

이미 말한 바와 같이 나에게 다른 사람들은 다 잘 먹고, 잘 살고, 밝고, 행복해 보였다. 그래서 '나는 왜 행복하지 않지?'라고 생각했었다. 그것은 나는 '어둡고, 우울하며, 가난하고, 잘되는 일이라고는 없는 사람'이라고 생각하며 피해의식만 있었기 때문이었다. 내가 생각하는 다른 사람들과 나와의 이 간극을 보며 '이게 뭐지!'라는 막연한 느낌이 있었지만 나는 그 감정을 회피했다. 그리고 '나도 남들처럼 행복할 수 있다.'거나 '행복해져야 되겠다.'거나 이런 생각보다는 사실 나는 특별해지기를 원했다. 아마도 행복하게 된다는 것은 자신이 없었나 보다. 그래서 불행한 것으로 승부라도 내려는 듯한 인생을 살았다. 이것은 말도 안 되는 이야기 같지만 나는 선택의 기로에 설 때 마다 항상 건강한 선택을 하지 못했다. 하지만 거기에는 나의 많은 오해와 왜곡된 비뚤어진 정서의 영향이 컸다. 그것이 나의 진짜 불행이었다. 그 이유는 그러는 사이에 인생이라는 시간이 너무 많이 낭비되었기 때문이다. 나는 누구든 나처럼 인생의 50대 후반에나 가서야 이런 자기 잘못을 깨닫기를 절대 원하지 않기 때문에 이 책을 쓴다.

행복은 좋은 일이 생기거나 욕구를 채워줄 상황이 생기는 것이 아니라 어려움을 극복해 나가는 과정이라는 것을 알지 못했을 때는 내가 감정이고 감정이 나였다. 이런 상태에서는 감정이 나를 끌고 간다. 슬프면 슬픈 감정에 끌려가고, 화나면 화난 감정에 끌려가고, 우울하면 우울한 감정에 끌려가면서 나 스스로 그 감정에서 빠져나와 행복한 감정을 선택할 수 있다는 것을 알지 못했다. 나는 고집쟁이였기 때문에 이것을 깨닫기까지는 많은 고생도 했고 시간도 오래 걸렸다. 신은 인간에게 자유의지를 주었다. 어떻게 말할지, 어떻게 생각할지, 어떻게 행동할지에 대하여 나에게 선택권을 준 것이다. 하지만 내가 하는 말, 생각, 행동은 내 감정이 주도하는 것이다. 그래서 감정이 나라고 생각했고 나와 내 감정을 동일시했던 것이다. 그래서 나는 누군가가 나를 가르치려 드는 것을 제일 싫어했다. 나에게 틀렸다고 말하면 그것을 정말 못 받아 들였다. 나는 느렸지만 내 세계에서 나만의 속도와 페이스로 생각하고 일했는데 그것을 다그치거나 억압하면 무조건 싫어했다. 이런 반복된 경험들은 나를 불행하게 만들었고 타인의 요구에 발맞추어 빠릿빠릿하게 생각하고 말하는데 어려움을 느꼈다. 이것은 나의 특성이었다. 그래서 즉각적인 반응을 못 보이다 보니 감정 피해만 보기 일쑤였다. 이러다 보니 수동적이 되고 진짜 내가 원하는 삶과는 멀어졌다.

하지만 감정과 나를 동일시하는 것을 분리하기 전에는 결국 달라지는 것은 없었다. 감정과 나를 분리시키는 것은 '내려놓음'이다. 과거에 붙들려서 계속 되어온 부정적인 감정을 내려놓고 행복한 감정으로 현재를 인식할 때가 진정 행복한 것임을 알게 된 것은 과거의 상처에서 '내가 옳다'라는 생각을 내려놓으면서이다. 나도 옳고 남도 옳다. 나도 옳지 않고 남도 옳지 않다. 다만 나도 남도 미숙할 뿐이다. 이렇게 나도 남도 객관적으로 보면 나의 잘못도 인정되었고 남의 잘못도 보였다. 나는 나만 옳다는 고집도, 다 내 탓이라는 잘못된 자책도 하지 않게 되었다. 모든 불합리한 결과들을 나 혼자 다 책임지겠다는 어리석은 태도부터 변하기 시작했다. 그 깨달음에서 느낄 수 있는 것이 바로 행복한 감정이라고 생각되었다. 행복은 하늘에서 내 앞에 뚝 떨어지는 것이 아니다. 내가 배우며 깨달으며 만들어가는 것이다.

미국의 교육학 교수이자 저명한 작가 레오 버스카글리아Leo Buscaglia의 저서 ≪살며 사랑하며 배우며≫에 나오는 우화에 물라라는 미치광이 사나이가 있었다. 어느 날 물라가 길거리에서 엉금엉금 기어 다니며 무엇인가를 열심히 찾고 있었다. 그때 그의 친구가 다가와서 물었다. "물라, 무얼 그리 열심히 찾는 거지?" 물라가 대답했다. "열쇠를 잃어 버렸어" "저런! 참 난처하게 되었구나! 나도 같이 찾아 주지." 그래서 그 친구도 엉금엉금 기며 땅 바닥을 살피게 되었다. 잠시 후 그 친구가 다시 물었다. "

물라, 그런데 어디서 열쇠를 잃어 버렸지?" "집에서 잃어 버렸어."라고 물라가 대답했다. "그런데 왜 여기에서 찾고 있는 거야?" 친구가 의아해서 묻자, 물라는 다음과 같이 대답했다. "그야 여기가 더 밝기 때문이지."

행복이 밝다고 해서 바깥에서 찾을 수 있는 것이 아니다. 자기 안에서 찾아야 한다. 내 마음의 깊은 내면에서 찾아야 한다. 내 가정 안에서 찾아야 하고, 내 가족간의 관계에서 찾아야 하고, 내가 속해 있는 공동체에서 찾아야 한다. 행복한 감정을 선택하고 행복을 만들어가야 한다. 불행한 감정과 나를 일치시켰을 때는 불행한 내가 되었지만 행복한 감정과 나를 일치시켰을 때 나는 행복하다고 느꼈다. 행복은 나의 감정으로부터 뒤로 물러서서 나를 행복하게 바라볼 때, 그리고 감정이 나를 점령해서 감정의 노예가 되지 않았을 때 가능한 것이다. 행복은 자아성찰과 성장에 있다. 행복은 또한 내가 행복해지고, 그럼으로써 다른 사람을 사랑하는 데까지 이어지는 조화와 균형을 포함하는 것이다.

자존감이 낮은 것은 내면의 정서적인 나이가 성장이 덜 된 감정 상태로 반응하게 되는 마음이다. 아동심리학자 하임 기너트Haim Ginott 는 '어린이들은 덜 마른 시멘트와 같다. 거기에 무엇이 떨어지든 확실히 흔적을 남긴다.'고했다. 중요한 것은 흔적이 남을 때 그것이 이해되지 않은 상태에서 이해가 될 때까지 정서의 성장이 멈출 수 있다는 것이다. 사람의 몸은 성장했지만 정서적인 나이는 상처의 시점에서 멈추어 그 자리에 계속 있는 것이다. 그 때 왜 그랬는지가 알맞게 이해되고 해석되어야 풀릴 수 있는 실마리를 갖게 되고 다시 성장으로 나아갈 수 있는 것이다.

내가 행복하고 다른 사람들이 행복해지기 위해, 그리고 나와 얽힌 사람들과의 관계를 풀기 위해 그동안 이해하지 못했던 과거를 이해할 수 있도록 자기성찰을 해야 한다. 스스로 자기에 대한 성찰을 하고 행복한 감정으로 자신을 이끌어 갈 수 있는 주도권이 나 자신에게 있음을 인식하고 행복을 배우고 익혀가야 한다. 소소한 일상의 행복을 위한 노력도 중요하지만 먼저 주체적으로 행복하기로 결정해야 한다. 그리고 행복은 과정이며 가치 있는 일을 위해 기꺼이 수고하는 것이다. 행복한 감정이 행복을 만들고 행복한 나를 만든다. 자존감이 수리되는 것은 행복을 맛보아 알도록 성장하는 것이다.

08

나답게 살아갈 용기를 가지라

"나다운 게 뭔데?"

TV 드라마에 잘 나오는 대사였던 것 같은 익숙한 느낌이다. 어쨌든 나답게 사는 것이 잘 사는 것이라는 뜻임에는 틀림없다. 오래전에 한 증권회사 광고 문구가 생각난다. "모두가 '예'라고 할 때 '아니요'라고 할 수 있는 친구, 그 친구가 좋다. 'Yes'도 'No'도 소신 있게"라는 광고 문구이다.

소신 있게 '아니요'라고 할 수 있는 용기. 그것은 나답게 살아갈 용기가 필요한 사람에게 있어야 하는 것 같다. 가끔 자기 속에 자기가 없는 사람들이 있다. 내가 고등학생이었을 때 '인간적인, 매우 인간적인 사람이 되고 싶다.'라는 생각을 많이 하고 지낼 때가 있었다. 그 이유는 '좋다' '싫다' '예' '아니요'가 내 뜻대로 되지 않았기 때문이었다. 기쁜 것도, 슬픈 것도, 싫은 것도, 좋은 것도 감정 표현을 잘 하지 못해서 답답했다. 사실 감정을 잘 못 느끼는 것 같았고 거기에는 내가 없다고 느꼈다.

우리나라는 권하는 사회다. '아니요'라고 하더라도 2번 이상 권하는 것이 예의다. 어제 퇴근하면서 동료직원이 한 이야기이다. 나이 든 혼자 지내시는 시아버지가 계시다. 드실 반찬을 주문해 드리려고 했는데 싫다고 하셔서 그만두었다. 어느 날 어버이날이어서 시아버지를 방문했을 때 시아버지는 "반찬 사러 나가기도 힘들다."고 짜증을 내셨다고 한다. 그래서 아버님이 싫다고 하셔서 반찬 주문을 안 한 것이라고 말씀드렸더니 시아버지가 "너는 어떻게 한 번 싫다고 말했다고 딱 그렇게 안 할 수가 있냐!"라고 하셨다고 한다. 우리는 "시아버지 마음을 투시해서 원하는 것을 알았어야 했어!"하며 웃었다. 나는 위장장애가 있다고 매번 속사정 얘기를 할 수도 없고 밥 먹으러 가자고 하면 곤란할 때가 많다. 하지만 나는 거절을 잘 못하기도 하고, 또 상대방을 섭섭하게 할 생각도 없었기 때문에 "많이 드세요. 많이 드세요."를 연발하며 맛있는 반찬들을 내 앞으로 놓아주는 그 마음을 거절하지 못했다.

나답게 살아간다는 것이 무엇인가?

첫째, 사람들과의 소통이 원활한 것이다. 여기서 소통이란 싫다는 의사와 좋다는 의사가 서로 상호 교환되는 관계를 말한다. 상대방의 의사에 내 소신을 모조리 내 맡기고 따라가기만 하는 관계라면 맞춰줌으로써 그 관계를 견디고 있는 것이다. 고등학교를 졸업하고 어느 구청 세무서의 연말 세금계산서 전체를 맡아서 계산해야 하는 일을 하청 받은 적이 있었다. 그때 내가 함께 그 작업을 같이 하기로 한 사람에게 한 말이 아직도 생각난다. 상대방이 어떻게 효율적으로 일을 할지 내 의견을 묻는 것을 곤란히 여기고 있을 때였다. 나는 상대방에게 "일하는 방식을 내가 그대로 따라서 해나가겠다."라고 했고 호흡이 잘 맞지 않을까봐 걱정하는 상대방에게 "내가 잘 맞춰줄 터이니 염려 말라"라고 했다. 이것은 상대방이 나보다 일을 더 잘하는 사람이기 때문이기도 했지만 관계에 어려움이 있는 나의 존재방식이기도 했다.

둘째, 사람들로부터 독립적이어서 혼자 있을 때 기분이 저조해지지 않고 자유로이 내 일에 집중할 수 있어야 한다. 혼자 있을 때 외로움을 잘 타고 허전하고 공허감이 들면 자기 일에 집중이 되지 않고 불안함을 느끼게 된다.

셋째, 화가 났을 때나 혹은 슬픈 일이 있을 때 그리고 즐거울 때 등 감정 표현이 바로바로 전환 되어야 한다. 나 자신에게든 상대방에게든 감정

전환이 빨리 되어야 바로바로 나다움으로 돌아올 수가 있다.

넷째, 지나간 일에 연연해하지 않고 나 스스로를 위한 새로운 일로 나아가야 한다. 나의 성장을 위해 목표를 가지고 있을 때 휘둘리지 않고 나다울 수 있다. 나답게 산다는 것은 독립성을 잃지 않고 사는 것이라 생각한다. 그러나 그것이 안하무인이 되거나 독불장군이 되어도 좋다는 뜻은 아니다. 관계에서 원활히 소통할 수 있는 존재이면서 나의 독립성에 침해받지 않고 그것을 스스로 보호하며 성장의 길을 가는 것이다.

모든 자격지심, 완벽주의, 비교의식에서 벗어나서 '나는 나다'라고 있는 모습 그대로의 나의 존재를 내보이고 주체적으로 배우고 깨닫고 성장해야 한다. 그리고 '노'와 '예스'를 자신 있게 말하고 무엇보다 자기 주도성과 목표를 가지고 스스로 이끌어 가는 삶이 자기다운 삶이다. 눈치 보고, 말 못하고, 환경에 눌리고, 사람에게 눌리고, 타인의 결정에 의존하고, 감정조차도 어떤 감정을 어떻게 느껴야 할지조차 모르겠다면 거기에는 이미 내가 존재하지 않는지도 모른다. 기상 예측 모델 연구에서 유래된 나비 효과라는 것이 있다. 나비의 작은 날갯짓이 토네이도를 일으킬 수 있다는 것이다. 스스로 결심하고 나답게 살기 위하여 작은 날갯짓을 시작해야 한다. 나답게 산다는 것은 인생이라는 무대에서 내가 영화감독이자 배우인 것이다. 한 번뿐인 내 인생작품을 나답게 찍어 내야 한다. 이제부터라도 나답게 되려는 작은 실천의 시작이 중요하지 않을까?

나는 인생은 나답게 살기 위하여 태어난 것이라고 생각한다. 내 안의 무한한 가능성이 내재되어 있고 우리 안에 잠든 거인을 깨움으로써 나의 가치관대로 내가 주도하는 삶을 살 때 그것이 행복한 삶이다. 오스트리아의 유전학자 마르크스 헹스트 슐레거Markus Hengst Schlager의 ≪개성의 힘≫이라는 책에서 '이 사회가 평균을 추구하는 사회라며 사회에 맞추는 것이 아니라 어떤 대가를 치루더라도 개성을 살려라.'라고 충고했다. 남다른 나다움의 진정한 가치를 소중히 여겨야 한다. 남에게 맞추기보다 자신에게 솔직해지자. 자신의 취향과 관심사에 집중하자. 그리고 그것을 정착시키고 발전시켜 나가는 것이 나답게 살아가는 최고의 방법이다.

현대인이 겪는 용기, 취약성, 수치심, 공감과 같은 감정의 근원을 연구해온 심리 전문가 브레네 브라운Brene Brown은 그의 테드 강연에서 스스로 사랑받고 소속될 가치가 있다고 믿는 사람들의 공통점에 대해서 첫 번째로 용기를 꼽았다. 라틴어로 심장을 뜻하는 cor가 어원인 용기courage는 내가 누구인지 진심을 다해 말할 수 있다는 뜻이며 불완전할 용기마저 가진 사람들이라고 설명했다. 둘째, 그들은 자신의 취약성을 온전히 받아들이고 포용 한다고 했다. 나의 취약성에 초점을 맞추고 그것에만 집중하면 남에게 맞추면서 낮은 자존감으로 나답게 살지 못하게 된다.

살아가면서 누구나 수치심을 느낄 수도 있고, 잘못을 저지를 수도 있고, 누군가를 용서할 수도, 용서받을 수도 있는 법이다. 사랑을 믿고 신뢰하는 것이 용기이다. 불완전하지만 그래도 괜찮다는 것을 믿자. 나답게 살아갈 용기로 나의 자존감이 수리될 수 있기를 바란다.

09

진짜 내 마음이 원하는 것에 귀를 기울이라

나에게는 '내가 뭘 원해야 될지 모르겠다.' '내가 원하는 것이 무엇인지 모르겠다.'는 두 가지 질문이 항상 있었다. 무엇을 결정해야 하는 순간 앞에 서면 나의 감정은 '멈춤' 또는 '얼음'이 되고 만다. 내 마음이 느끼는 것이 무엇인지 느낄 새도 없이 억압의 기억이 나를 옥죈다. 두렵고 경직되며 쫓기고 내가 뭘 원하는지 모른 채 떠밀려가게 된다.

식당에서 메뉴를 고를 때, 옷을 살 때, 어디를 가야 할지 결정할 때, 특히 여러 사람이 함께 모였을 때 내 의사를 물어보면 대부분은 상대방이 원하는 대로 하겠다고 한다. 그 이유는 하나를 선택하면 나머지 하나에 대한 관심과 미련을 버리지 못하고 '혹시 손해 보는 선택을 한 것은 아닌가!'하면서 불안해하고, 그 선택을 번복하면 다시 앞서 선택한 것을 두고 또 '이게 아니면 어떡하지!'하며 결국엔 손에 어느 떡도 쥐지 못하게 된다. 나의 의식이 분산되어 있으면서 온갖 것이 다 신경 쓰이고, 다른 사람의 시선이 의식되고, 타인의 평가에 신경 쓰며 아무것도 선택하지도 못하고, 내 마음이 뭘 원하는지도 모른다. 나는 날씨 상담을 하며 옷을 어떻게 입어야 할지, 창문을 열어야 할지 닫아야 할지, 우산을 가지고 나갈지 말지, 빨래를 널어야 될지 말지 등의 것들을 결정해 달라는 사람들과 매일 마주하게 된다. 특히 미세먼지 농도를 문의하는 사람들은 더 예민한 편이다. 어떤 것을 결정할 때는 반드시 결정한 것 이외의 것들은 내려놓아야 한다. 하지만 이게 좋은지, 저게 좋은지 두 가지를 다 손에 쥐고 결정을 타인에게 의존한다.

자기 결정에 따르는 책임을 회피하려는 시도를 해서는 안 된다. 당당히 어떤 결과가 나오던지 책임을 지겠다는 마음만 먹으면 결정을 하고 나서도 당당할 수 있다. 그렇게 해보면 자기 주도권을 가지고 자기 인생의 주인인 내가 내 삶을 긍정적으로 바꾸어 갈 수 있다는 확신이 들 것이다. 내가 어떻게 결정할지 책임을 가지고 자기 마음에 귀를 기울여 볼 생각을 해야 한다. 책임진다는 것은 그 일에 대한 권리를 갖는다는 것이다. 타인에게 결정해 달라고 의지하는 것은, 의무는 내가 가지고 책임과 권리는 타인에게 맡기는 것이 된다. 진짜 내 마음이 원하는 것에 귀를 기울여서 내 마음의 소리를 듣고 판단하고 결정하는 것이다. 내가 내 인생의 경영자가 되어야 한다.

커뮤니케이션 전문가 레일 라운즈Leil Lowndes는 그의 책 ≪자신감을 얻는 기술≫에서 자신을 아는 여행에 나서는 방법으로 자기 자신과 인터뷰 하는 것을 권했다. 자신이 했던 방법으로 라디오나 TV 프로그램 진행자가 하듯이 매일 5분씩 자신을 상대로 인터뷰를 진행해보라는 것이다. 그는 '나는 누구이며 어떻게 느끼는지에 대한 인식이 나날이 자라나게 되고 자신의 대답에 귀를 기울이면서 자신이 얼마나 훌륭한 사람인지도 깨닫게 될 것이다. 이런 지식은 자신감을 엄청나게 끌어올려준다.'라고 했다.

세계적인 임상 심리학자 토니 험프리스Tony Humphreys도 '진정한 나에게로 돌아가는 길에는 인적이 드물다. 자신의 빛을 인식하고 두려움, 의존성, 경쟁심, 스트레스, 망상, 우울 같은 그림자로부터 자신을 분리시키는 길이기 때문이다.'라고 했다. 진정한 나를 만나고 진짜 내 마음이 원하는 것이 무엇인지 알기 원한다면 오롯이 자기 자신에게 집중하는 시간을 통해서 자신을 만나는 시간이 필요하다.

이러한 시간을 만드는 것은 자기의 마음이 진짜 원하는 것을 알기 위하여 산만하게 분산되는 의식을 현재로 끌어내리는 것이다. 과거에 붙잡혀 있는 여러 생각들과 미래에 대한 염려와 근심, 타인들에 대한 두려움과 경쟁, 비교의식과 다른 사람들의 시선들, 그리고 거기에서 느끼는 자신감의 결여와 위축됨 속에서 어떻게 내 마음과 만날 수 있는 여유가 생기겠는가? 내 허락도 없이 내 생각과 마음과 감정들이 미쳐 날뛸 때 그러한 의식들을 현재로 붙잡아 오기 위하여 나는 나에게 인식시킨다. '나는 지금 버스를 탔습니다. 앉아서 가니까 참 좋습니다. 나는 밥을 먹고 있습니다. 밥알이 입안에서 씹히는 것을 상상하며 맛을 느낍니다. 어제보다 바람 맛이 더 상쾌합니다.'라는 등 현재 내가 경험하고 있는 일에 마음을 모아 감각을 집중시켜 본다. 왜냐하면 나와 만나기 위해서이다. 내 마음이 나에게 하는 이야기를 듣기 위해서이다. 마음은 나에게 느낌으로 이야기한다. 그것을 듣기 위해서 집중할 수 있는 고요한 시간을 따로 만드는 것도 필요하다. 기도나 명상의 시간이 그러한 시간이다. 이렇게 느낌에 귀 기울이고 듣다 보면 가야할 방향을 알 수 있다.

리처드 J. 라이더Richard J. Leider, 데이비드 A. 샤피로Daved A. Shapiro의 저서 ≪마음이 가리키는 곳으로 가라≫의 프롤로그에 나오는 이야기가 있다. 남녀 10명으로 이루어진 아프리카 여행기인데 살인적인 태양이 이글거리는 날씨의 살레이 평야를 가로질러 응고롱고로산까지 가는 여정의 글이다. 이정표가 없고 문명의 흔적이라고는 찾아볼 수 없는 길을 가는 여행이다. 길이 없다는 사실 만으로도 야릇한 흥분을 느끼며 야영 첫 날밤을 보내고 이틀째 행군을 하면서 일행은 맹수의 울음소리를 들었다. 사흘째 되는 날 마사이족 가이드가 걸음을 뚝 멈추더니 "I don´t know"라고 말했다. 길을 잃은 것이다. 사자의 풀이라는 숲을 지나면서 마사이족 가이드는 사자를 보았다며 얼어붙고 주저앉아 버린다. 일행은 이미 트럭에서 내려 사흘 길을 걸어왔기 때문에 다시 그 자리로 돌아갈 수도 없고, 돌아간다 해도 트럭은 이미 도착지로 향하고 있을 것이다. 빠져나갈 수 없는 현실에서 선택은 그 속으로 더 들어가는 수밖에는 없다는 결론이다. 한 사람이 물었다. "저 친구는 왜 데려왔죠? 길도 모르는데." 그중 린지가 대답했다. "길을 잘 알아서 데려온 게 아니오. 길 찾는 법을 알기 때문에 데려온 거요." 하지만 마사이족 가이드는 전혀 길 찾는 노력은 하지 않고 하늘만 멍하니 바라보고 있었다. 그때 갑자기 마사이족 사나이가 벌떡 일어나더니 데릭에게 뭔가를 이야기했다. 데릭은 "갑시다. 길을 찾았답니다."라고 말했다. 길을 어떻게 찾았는지 데릭에게 묻자 그는 이렇게 말했다. "글쎄요. 내가 알기로는 여기 원주민들에게는 길이라는 개념이 없는 것 같더군요. 길이 없으니 길을 잃을 수도 없지요. 저들은 다만 나무와 숲과 바람이 가야 할 곳을 알려줄 때 까지 귀를 기울일 뿐입니다."

우리는 부모나 학교 또는 사회에서 주입된 대로 자기의 마음이 무엇을 원하는지 귀 기울일 새도 없이 타의에 의해서 떠밀려 살아오지는 않았는가? 사자의 풀처럼 막막한 곳에서 이렇게 해야 할지 저렇게 해야 할지 알 수가 없고 마음의 길을 잃은 것 같은 상황에 있다면 그 속으로 더 들어가 내 인생은 내가 책임지며 이끌어가겠다는 다짐을 해야 한다. 삼성 이건희 회장은 '느낌은 신의 음성이다.'라는 말을 했다. 모든 감각을 열어놓고 자신의 내면이 느낌으로 나에게 하는 이야기를 들어보라. 그리고 자기가 원하는 방향으로 자기의 삶을 이끌어가라.

우리 각자 내면에는 미처 알지 못했던 재능이 숨어 있고, 창조성이 있고 가치 있는 것들이 들어있다. 자존감이 낮으면 자기 내면에 있는 것들을 가치 없고 부끄럽게 느낀다. 그러한 두려움 대신 진짜 내 마음이 원하는 것에 귀를 기울이고 자기 내면의 음성을 들을 수 있기를 바란다.

10

자존감을 수리하면 인생이 달라진다

자존감은 수리가 가능하다. 관리도 가능하다. 재정비도 가능하다. 자존감을 수리하면 인생이 달라진다. 어떻게 수리하는지를 배우고 인생 전략을 다시 세울 결단과 순수한 마음만 있으면 된다. 진심으로 자기 인생이 수리되기를 원하는지 깊이 있게 생각해 보아야 한다. 생각에 머무는 것이 아니라 행동으로 실천해야 하기 때문이다. 나는 사람들이 불행한 인생을 살고 있거나 되는 일이라고는 하나도 없는 인생을 살고 있는 사람들이 그렇게 사는 이유는 '스스로 원해서'일 수도 있다고 생각한다.

루이스 L. 헤이lousise L. Hay는 '우리는 스스로 특정한 시간과 공간을 정해서 이 지구라는 행성에 태어났다. 우리는 우리를 영적으로 육체적으로 성숙시켜줄 특별한 교훈을 얻기 위해 이곳에 온 것이다. 우리는 성별, 피부, 출신 국가를 선택했고 인생에서 우리를 이끌어줄 특정한 부모를 찾아 선택했다.'라고 말했다. 그리고 인생에서 같은 경험을 반복하는 이유는 그 경험이 자신의 가치관에 부합했기 때문이라고 설명했다. 나의 인생에서도 그런 것을 깨달았다. 어느 날 딸과 서점에 갔다가 어떤 심리학 책의 제목을 보고 딸과 나는 멈칫거렸다. 아쉽게도 그 책의 제목은 생각나지 않지만 딸과 나눴던 대화는 생각이 난다. 딸은 나에게 "엄마는 왜 늘 아프지? 혹시 엄마가 원해서 아픈 거 아니야?" 나는 "맞아 그런 것 같아!"라고 대답했다. 실제로 그렇게 느꼈다. 나는 내가 아픈 것으로 타인의 동정을 살 이유를 만들어 내야 했기 때문일 수 있다고 생각했다. 정말 그렇다면 나는 그것을 무의식적으로 만들어내고 있는 것이다. 나는 전신 시림증이 있어서 여름에는 바람과 에어컨을 피해 다니느라 무척 괴롭다. 또한 소화불량으로 밥을 먹지 못하고 죽을 먹을 때가 많고 항상 약을 복용한다. 이런 나를 보고 직장동료들의 걱정도 많았다. 나는 최근에서야 나의 위장병을 객관적으로 대하기 시작했다.

나는 나의 건강상태에 대하여 정면돌파하기로 결단하고 반복되는 악순환을 끊기 위해 커피를 끊고, 절대 배부르게 먹지 않고, 고기를 삼가고, 소화 잘 되는 음식을 천천히 먹기 시작했다. 그리고 내 호흡에 집중하면서 몸속 장기들의 감각에 느낌을 집중시키니 건강이 한결 좋아졌다. 이제는 만성 무기력증은 찾아볼 수 없을 정도가 되었고 조급증도 없어졌다. 또 한편으로는 어렸을 때부터 몸이 약한 편이었던 나를 객관적으로 보고 그것을 인정하니 도리어 위축됨에서 벗어나 당당함도 생기는 것을 느꼈다.

이것은 몸의 건강뿐만이 아니라 감정과 정신 또한 다르지 않다. 감정과 정신 상태가 몸과 현실을 만들어 내고 있을 뿐이다. 부정적인 감정 상태에 있는 사람은 선택의 기로에 설 때마다 부정적인 선택을 할 가능성이 훨씬 높다. 낮은 자존감의 문제는 건강과 경제적인 문제에서 반복적으로 고통을 초래하게 될 가능성이 높고 삶의 질이 떨어진다. 행복하고 건강한 삶과는 거리가 멀어지는 것이다. 유명한 ≪미움받을 용기≫의 아들러의 가르침에서도 '나의 불행은 스스로 선택한 것'이라고 했다. 어떤 이유에서든 내가 원해서 아플 수 있다고 인정한 것처럼 아들러의 가르침에서도 똑같은 이야기를 했다. '트라우마란 존재하지 않으며 우리는 경험을 통해서 받은 충격 즉 트라우마로부터 고통받는 것이 아니라 경험 안에서 목적에 맞는 수단을 찾아내는 것이며 경험에 부여한 의미에 따라 자신을 결정하는 것이다'라고 했다.

예를 들면 '나는 부모에게 학대받아서 사회에 적응하지 못하는 것이다.'라고 생각한다면 그것은 그의 마음속에서 그렇게 생각하고 싶은 목적이 있기 때문이라고 했다. 나는 가난하고 게으른 편이다. 부자를 향한 부러움은 있지만 진짜 부자가 되고 싶지는 않았던 것 같다. 부자가 되자고 생각해본 어느 날 나는 '부자로서 재산을 관리하고 유지하려면 얼마나 신경을 써야 하는지'를 생각하면서 귀찮다고 생각한 적이 있었다. 불과 2년 만에 백만장자가 되고 전 세계인의 부의 멘토가 된 ≪백만장자 씨크릿≫의 저자 하브 에커T.Harv Eker는 부를 이루지 못하는 2가지 이유를 '첫째, 무의식적으로 부자가 되길 원치 않거나 둘째, 부자가 되기 위해 필요한 일들을 할 마음이 없는 것이다.'라고 말했다. 나는 이 글을 읽고 내가 느꼈던 것과 똑같아서 깜짝 놀랐다. 낮은 자존감을 가지고 살아가는 사람들은 무의식적으로 본인이 원하는 선택을 했고, 그 선택에 의해 살아가고 있음을 알아야 한다. 이것을 이해하고 자존감의 문제에 접근하면 자신의 잘못된 선택을 바로 잡을 수 있다는 것을 말하고 싶다.

자존감의 문제가 전반적으로 부정적인 경험에서 만들어진다고 보면, 그것에 대한 우리 삶의 곳곳에 존재하는 트라우마의 영향을 전면 부정하고 절대 다 스스로의 잘못이라고 말할 수는 없다. 하지만 이제부터는 자신에 대해서 배우고 깨닫고 당신도 행복한 삶을 살아야 하기에 이제 달리 선택할 수 있다는 것을 분명히 말하고 싶다. 그리고 행복하게 되기를 바란다. 행복이란 '잘 먹고 잘 살자'가 아니라 자신이 성장하고 그 성장으로 다른 사람의 성장을 돕고 타인을 위한 선한 영향력을 미치는 의미 있는 삶이 되는 것이다. 낮은 자존감을 수리하면 인생이 달라진다. 이 책을 쓰면서 '인생에 있어서 자존감이 다다.'라고 말할 수도 있을 것 같다. 먼저 자신이 한 잘못된 선택의 결과로 지금의 삶을 만들어 가고 있다는 점을 상기하면 좋겠다. 그리고 둘째는 낮은 자존감으로 반응하도록 만든 원인이 되는 트라우마에 대한 새로운 시각이다. 이 트라우마는 뿌리 부분이다. 이 뿌리를 드러내어 치료해야 한다. 뿌리가 치료되지 않으면 좋은 선택과 건강한 결정을 할 수가 없다. 아무리 옳은 이야기를 해 주어도 듣지 않으려 하고 들어도 들리지가 않는다. 그러면서 자기 인생에게 주어진 소중한 시간만 허비하게 된다.

뿌리를 치료하는 것은 상처에 대해서 드러내어 이야기하는 데서부터 시작된다. 언젠가 아침 마당에 출연한 정신과 의사가 한 말이 생각난다. 인간의 3대 욕구인 성욕, 식욕, 수면욕 외에 자기는 고백욕구를 하나 더 하고 싶다고 말했다. 나는 나의 고민을 줄줄이 늘어놓을 때마다 그것에 대해서 충고해 주면서 가르치고 해결해주려는 사람들 때문에 실망을 많이 했었다. 하지만 객관적으로 들어주고 공감해주면서 내 이면의 감정을 보도록 도와서 하나의 이야기로 들어줄 수 있는 사람이나 공동체가 있다면, 낮은 자존감이 수리되도록 상처를 회복하는데 탁월한 성과를 볼 수 있을 것이다. 나는 매일 성경을 보면서 그것을 내 이야기로 풀어내어 나 자신에 대한 깊은 통찰이 가능했고 사랑과 용서의 문제를 넘었고 모든 면에서 회복되었다. 지금도 계속 더 좋아지고 있다는 것을 느낀다.

인생은 스토리다. 그런데 이해가 되지 않는 부분에서 스토리가 멈춘 것이다. 그 인생 스토리의 이해되지 않는 부분이 내면의 트라우마로 남아서 현재의 삶에 부정적인 영향을 끼치고 있는 것이다. 그리고 그 감정과 상황들을 파고 들어가 보면 그 멈춘 이야기가 어떤 이야기인지 알 수 있다. 그 이야기를 꺼내보자. 창피해서 숨기고, 자존심 상해서 숨기고, 남이 이상하게 볼까 봐 숨기고, 비난받을까 봐 숨겼던 그 이야기들을 꺼내어 풀어내어 주고 긍정적인 다른 해석으로 스토리를 재구성해주면 자존감이 수리되고 인생이 수리되는 것이다.

자존감은 수리가 됩니다

초판인쇄	2019년 12월 16일
초판발행	2019년 12월 23일
지은이	소은순
발행인	조현수
펴낸곳	더로드
마케팅	이동호
IT 마케팅	신성웅
디자인 디렉터	박마리아
ADD	경기도 고양시 일산동구 백석2동 1301-2 넥스빌오피스텔 704호
전화	031-925-5366~7
팩스	031-925-5368
이메일	provence70@naver.com
등록번호	제2018-000111호
등록	2018년 06월 27일
ISBN	979-11-6338-051-1 (03810)

정가 15,000원